南源小舍

浮绪

江鹏 著

百花洲文艺出版社
BAIHUAZHOU LITERATURE AND ART PRESS

图书在版编目（CIP）数据

南源小舍浮绪/江鹏著 . -- 南昌：百花洲文艺出版社，2021.10
ISBN 978-7-5500-4393-0

Ⅰ . ①南… Ⅱ . ①江… Ⅲ . ①诗词 – 作品集 – 中国 – 当代 Ⅳ . ① I227

中国版本图书馆 CIP 数据核字 (2021) 第 202644 号

南源小舍浮绪

NANYUANXIAOSHE　FUXU

江鹏 著

责任编辑	许　复
书籍设计	弘　图
制　作	刘毅夫
出版发行	百花洲文艺出版社
社　址	南昌市红谷滩区世贸路 898 号博能中心一期 A 座 20 楼
编辑电话	0791-86894717
邮　编	330038
经　销	全国新华书店
印　刷	三河市嵩川印刷有限公司
开　本	787mm × 1092mm 1/16　　印张 18.5
版　次	2022 年 3 月第 1 版第 1 次印刷
字　数	200 千字
书　号	ISBN 978-7-5500-4393-0
定　价	108.00 元

赣版权登字 05-2021-366

凭栏遥寄月弦

——品读《南源小舍浮绪》有感

我没有去过徽州南源小舍，但我能从江鹏二十几年创作的诗词当中感觉到，这是一个很闲适、很惬意、很有文化底蕴的地方：房子不算大，但房子周边的自然山水风景很好，人们三五悠闲地走在大江、小溪、山林边；夕阳西下，村民们从自己的田地里摘点蔬菜，片刻时间，就有了几盘品味生活之下酒菜。

江鹏的许多诗词是酒后创作的，但都是来自于他本人对生活的感悟。这很容易让人羡慕嫉妒恨，不过我们也只能仅限于此，而无法替代。因为这源自于江鹏生于斯、长于斯的地方，江鹏的老家——徽州。

有父母在，家就温馨，家就是幸福的港湾。因此，回到徽州的江鹏，自然也就诗意昂然了。从这里，我们可能会找到品读江鹏诗词的某把钥匙。

之所以从南源小舍说起，是因为江鹏小友的诗词集即将出版，他托我为之作序。着实难为我了，因为我对诗词没有多深的研究，岂敢写诗词评论呢？！但又为江鹏的真情所感，因此只能从诗词外谈点个人感受，以贺乡友的诗词集出版。

这段时间读江鹏的诗词，还真为他的执着所感动。他写的诗词不算太多，但也不算少，五百多首。可贵的是他一直都在坚持，一写就是二十多年，从未间断过。他所用的词牌大概也有上百个，足见他对诗词的大致格式和韵律的把握是基本到位的。但他又能不拘于一格,能够戴着"桎梏"穿梭在文字之间,且行走得很自如,实属不易。由此可见,他在青少年时期就打下了良好的古典诗词基础。

江鹏自己说,不能因律损意。自然、顺其而为、第一情绪才是最真实的诗词文化。《南源小舍浮绪》抒发的是江鹏个人的生活本源及思绪,无意修饰词藻。从某种意义上说,这是他个人独有的一片精神文化篱园。这里面的每一首诗词都是他亲手种植和倾情栽培出来的果蔬。既是他思绪的轨迹,也是他生活演变的轨迹。所以,读他的诗词,仿佛就是在听他诉说这二十几年来跌宕起伏的生活历程,每一个阶段都有他自己的切身感悟——有欢乐,也有苦痛。为此,他感叹"生活不易,且行且珍惜"。

江鹏的诗词大体可分为五个阶段。

第一段是苦读与创业。

他在《自勉》中写到:"宁舍锦上添花万更,莫弃雪中送炭一净。"

在《无题之家》中发出:"我欲把酒问明月,岂唯苍穹一线天?"

"看着父亲辛苦开车,母亲的半残身体,我有什么理由不好好读书,考取大学?!加油!"因此,他在大年初一,以苍松励志:"嶙峋磐石根弥嵘,啸傲寒日明。"

两年之后,他又踏上去番禺的拼搏之路。"我命由我不由天,恣意凌律缚。""赤脚高歌踏清影,问沧桑,揽苍穹!"这是何等的气魄,何等的志向!

当然这其中,他也有对家乡的眷恋。他始终没有忘记生他、养他的徽州新安江。他在《苍梧谣·春》中写道:"春,江水畔兮疏香芬。青山黛,云鸿了空痕……"柔情似水,遐想无限……

他在《新安江》中写道："小楼三更闲风寒，一弯新月映梅颜。熹微初上石径斜，千里江阔生渚烟。"

2003年他转战到了上海，开启新的创业之路。"孤骑莫悲辞，仗剑闯天涯！""鲲鹏志凌唯，扶摇九霄岢！"

在不如意的时候，他回了到南源残舍，但他总会抚平拼搏中的创伤，重新出发，"清风明月复遂性，孤鹤傲松啸平生"。

他总在寻觅，"别离苍茫，岁月无期，千百度觅"。但他又有"独钓一江舟"的孤傲，所以他能够"一襟豪情共谁迈，挥一遒、韶华莫却"。

第二阶段是立业与成家。

新的一年又开始了。"铅华洗尽扶摇鹤。卿月略，岂应是低吟独酌？"生活还在继续，新的期待就在未来的路上……

"繁华落尽烟花谦，清风十里顾芸帘、闲云纤。"这个时候，他想成家了，但生活如此不易，缘分、情怀、心心相印却更难。"叹叹叹，半帘惆怅谁人懂？"……

第三阶段是发展与情怀。

他的事业趋于稳定，他的生活也变得更有内涵和底蕴，同时保持着对于自然和巷陌的缱绻情怀。

他又回到老家，这个时候，南源残舍已经变成了南源小舍。"小舍"和"残舍"仅仅一字之差，却反映出江鹏的心境变化。

他在《瑞鹧鸪·新安踏春》中写道："霁雨初晴江际空，百里新安岚云东。""邀影浅醉入梦中。"人融入了山水，山水浸润着心灵，诗意自然流淌……这才是真正的诗情画意，又是一年春好处。

他在《咏柳》中写道："小楼漠漠伊人笑，修竹骋婷卧石枝。""汀葭婆娑凫浅语，一江春水柳随堤。"此时的心境和春柳一样在山水之间飘荡。《汉宫春·瀹岭古道》又道："凭栏遥寄，山水一色醉休。"

我很欣赏他那首《乡归》中"寄篱南山，一许小舟。岁月苍苍，天地悠悠。浮影纾掠，其心安休"的意境，恰似陶渊明先生又回到了他的桃花源。我猜这大概就是江鹏小友期待的理想生活吧。着实让人羡慕得很。

他的《牡丹》诗也写得很美："初心沐晨露，娇艳欲滴香。曦光叠霞蔚，洁白竟无央。闲风随细柳，粉黛端霓裳。一江烟波漾，天涯遥清妆。"这个阶段对江鹏来说，有点释怀与放归心灵的感觉。

第四阶段是村居与感恩。

江鹏始终是一个自律的人。他常常反思自己，煎熬自己，更不断砥砺自己。他在《半生自我剖析》中写道："傲过，狂过，拼搏过，成功过，失败过，从头来过；""历经磨砺，耐得住寂寞孤独，始能见芳华！"他在"松篁里，邀月浅呓，一人饮酒独醉。"其实，他没有沉迷于醉酒尘俗，他是在借酒抒怀！

"梦里醉清愁，明月几时归？""小楼一夜清风，清梦与谁同？"与其说他在宿醉，不如说他在倾诉，他在寻觅……

"明月几何醉红尘，千里与卿同。"他期待着回到他的心灵归宿——南源小舍。

他觉得《村居》就是他的幸福生活："偶得几闲人，燎香抚琴棋。醉梦卧鹤岩，茶扉隐筠溪。"这是何等的闲静与恬淡。"红尘莫恋兮笑熙攘，诗书田园兮浮生悠。"至此，他完成了一次心灵的磨砺之旅，收获了涅槃与重生！

他从内心里知道《感恩》："梅香重岭外，云骢行千里。情恩若弘卿月海。"他清醒地认识到，"之所以能一路向前，因有恩师、长辈、领导、友人……铭记于心！"

他在《瓯雪飞·亲君恩》中由衷地感谢诸位师友的帮助和馈赠："流年沉浮，一阕明月，师恩难忘终为君。"他在《偶自遥·承恩》中写道："落难之际见真情，感激友人徐杰明相助。"他在……

我觉得，懂得感恩的人才会有真性情，才会有真正人格和人品的沉淀与形成！欣喜的是，江鹏小友为了表达那些改变他一生命运轨迹的师友激昂思绪，自创了《瓯雪飞》《欧波缈》《偶自遥》词牌。

第五阶段是展望与前行。

他与江氏长辈赴仙寓山寻觅茶叶，写下《石台仙寓大山村游记》："千岩万壑，林深莺鸣，潭涧孤亭峭幽。"

回到家园，写下了"丁香百合果满园，草堂竹篱衣沾苔"，"闲人不管东风闹，吾心依旧卷云空"……

他在《醉赋文武徽州行》中感慨："等闲莫负韶华去，樽前一笑自逍遥。"不管庭前花开花落，他心依然洒脱自在。"井蛙不可语于海，夏虫不可语于冰！"……

他终究是要回到南源小舍的，"青灯未眠思明月，一任岁无迹"。

于是有了《中兴乐·打猪草》的"筠溪漫堤，扁舟晚归，红尘清欢"。

又有了《凤春楼·浮世静欢》的"小楼明月前，东风细寒。吾人闲，三更伏案弄素笺"，"一壶清茶，浮世静欢"……

他终于找到了生命在红尘中存在的意义，他自己成了南源小舍的心灵之烛。"坐看天地外，倚亭云起时。""古道清风瘦，野溪花自妍。""逸志天涯，薄笺遥寄明月。""素心若简。"……

所以，他红尘梦醒终有感："百年生死犹茫茫，天涯何似一念归？"至此，二十几年历经磨难的他，已变得坦然、淡泊。可以面对一切，更加平和地走向远方……

"只写性情流纸上，莫将唐宋滞胸中。"用明末清初陈恭伊先生的诗作《南源小舍浮绪》的注脚是很恰当的。

江鹏的诗词是抒情的。二十几年的真情实感，历经跌宕起伏的生活磨砺，其中的变化在他的诗词里都体现得淋漓尽致。

江鹏的诗词是浪漫的。他诗词中的一山一水、一草一木，都拥有了灵性，犹如苍天赋予之生命。

江鹏的诗词还是充满哲思的。他不仅体会到生活的酸甜苦辣咸，更悟出人生的味道。他在喜怒哀乐愁之后，感悟到人性的光芒和不足，感悟到生活的逻辑和方向。

他把诗词当作自己的本源思绪。我觉得，他没有辜负诗词的情意和底蕴沉淀。当然，诗词也回报给他一个精彩的人生文化之旅。

二十几年对于人生来说，只是光阴长河中的一段，后面的旅程还很长很长，还有更多的生活在等待着他去感悟，去叙发……

在这里，我真诚地祝贺他，祝贺《南源小舍浮绪》的出版，祝福他今后的事业和生活更加美好，永远栖息在诗情画意之中……

吴　雪

2021 年 8 月 24 日于合肥

南源小舍 浮绪

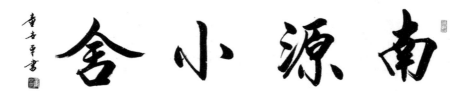

童世平书

舍 小 源 南

童世平·南源小舍

方祖岐

鳳 起 蛟 騰

方祖岐·腾蛟起凤

方祖岐

月 邀

方祖岐·邀月

邓楚润·思月

一江飞雪浪涛际千里苍茫空
鸿踪长亭聚散天涯外小楼倚笔
疏香馨等朱雀旧梦浮华一去
别似流年莲焰宁几许好影
思乡月衡意凭几危尖高
徽州江腾诗里月海上整汪书

2

东窗未白月西下 落花飘零沈梦

无数白驹逝，水繁华扬落相思怨

盡云孤邨断 谁欢惆帐莫思量恨

远修未见朦眼万年过一颗梵音杳红

尘句云把酒堪醉

江鹏词贺熙玥把酒堪醉 庚子荷月孙进书于沪

孙进·贺熙朝·把酒堪醉

3

紫陽活水滋正氣

筆屏清芬韻書聲

歲次乙亥 孫進書

孙进·对联

诗词集

4

南源小舍 浮绪

晓梦醒五更寒花
落帐阑珊陌上细
雨濛一溪怅水汤汤
日寄屡惹歎不
尽延绕诸般
野径幽蝶惹孤
舟泊重难枿倚长
亭外残酥思绪宽
笙箫曲轻弹织月
斜与谁同领
江鹏词梧叶儿与谁同欢
庚子荷月 孙进书于沪

孙进·梧叶儿·与谁同欢

飞雪漫巷巷
陌红尘春秋
恰逢叶零孤
舟影难留凭
风遥酹烧崖
重数点焉声
从古事何善
浮梦梦醒却
道窝冬几许
斜梅傲羁窗
万里长宊映
素凇一袭青
衣容
《破阵子·青衣容》平水韵二冬平·寒梅
横斜孔雪漫一袭青衣容有感
江鹏诗 宫忠书
二〇二〇年十二月春于上海

刘阁忠·破阵子·青衣容

5

刘阁忠·东坡引·嗔月

别离相思苦卷帘吟喃语

残花满地狗傍户疏篱绕

青蔓柳燕新飞碧草陌跳

长宵老天涯无际孤舟夜

泊东逐水酥扶嗔明月

《东坡引·嗔月》词林正韵第十八部(反)二〇二〇四月八日于徽州南源小舍

别离相思苦杯酒嗔明月有感

江鹏文

石忠书

6

诗词集

沁园春·雪

方步青

南源小舍 浮绪

目　　录

自　　序 / 1

归初 / 3

本初 / 3

自勉 / 4

静心 / 4

天净沙·齐云山郊游 / 5

晨游渐江 / 5

搏 / 6

无题之家 / 6

述志 / 7

题新安江畔南源口村之晨 / 7

阮郎归·咏苍松 / 8

志向 / 8

离别 / 9

懵朦 / 9

江城子·社会@学业 / 10

渔歌子·新安江 / 10

蓦山溪·时风清月 / 11

点绛唇·醉雨 / 11

乡晨 / 12

长相思·雨 / 12

喝火令·竹 / 13

苍梧谣·春 / 13

厅前柳·寄长笺 / 14

西平乐·徽州记事 / 14

秋夜雨·倚窗听雨 / 15

庐州行 / 15

快活年近拍·大学思兮 / 16

心愿 / 16

山樱浅春 / 17

太常引·静思 / 17

破阵子·忆海宁 / 18

人生百态之生活 / 18

卖花声·潭溪静香 / 19

菩萨蛮·述志 / 19

千秋岁·惜桂月夜 / 20

六么令·荷洁 / 20

望梅花·蜡梅 / 21

风入松·松傲 / 21

于飞乐·桑梓平生三月天 / 22

咏菊 / 22

铭 / 23

水仙赋 / 23

卜算子·蕙兰 / 24

夜游宫·若梦惜 / 24

柳梢青·春柳 / 25

咏文竹 / 25

酷相思·渡红尘 / 26

琐窗寒·蕉怜 / 26

人月圆·遥思 / 27

甘草子·霜思 / 27

天香引·寄思 / 28

烛影摇红·觅 / 28

芳草渡·无眠 / 29

临江仙·冬怀 / 29

月华清·舛空 / 30

恨来迟·孑影独行 / 30

空相忆·紫荆花 / 31

诗词集

珠帘卷·夜峭寒 / 31
青玉案·阃隐 / 32
如梦令·谱曰 / 32
八六子·孤骑清蟾 / 33
伊州令·韶华莫却 / 34
步虚子令·遣愁述绪 / 34
家山好·徽州 / 35
诉衷情·长啸行 / 35
最高楼·啸苍天 / 36
更漏子·心性与交易 / 36
青门引·静思 / 37
偶自遥·承恩 / 37
春 / 38
梅花引·南源探梅 / 38
柳含烟·汀柳 / 39
晨起前山景 / 39
乱 / 40
鹧鸪天·咏梅志 / 40
新安江 / 41
咏茶花 / 41
淡黄柳·思祖君重慈 / 42
燕归梁·悠然听瀑 / 42
鬲溪梅令·莫问卿月几时圆 / 43
万象 / 43
陋室赋 / 44
定风波·浅怀 / 44
江月晃重山·醉青灯 / 45
归去来·道绪 / 45
渔家傲·冬述 / 46
虞美人·浮梦 / 46
看花回·南源春归 / 47
西江月·石潭掠影 / 47
猴山月·春月夜 / 48
声声慢·叹七夕立秋 / 48
望远行·寥月夜半生思 / 49

朝玉阶·大道独行浮云嘲 / 49
过涧歇·世事若幻 / 50
虞美人·自古惆怅邀明月 / 51
霜天晓角·自勉 / 51
解语花·居兮 / 52
垂丝钓·渐江独钓 / 52
瑞云浓·金滩瀹坑踏青 / 53
江畔踱步三月天 / 53
清江引·感恩 / 54
锦帐春·三阳燕窠游 / 54
谢池春·莫道春愁 / 55
志 / 55
忆江南·古樟 / 56
菊阑水云居 / 56
一剪梅·暮冬晨思 / 57
采桑子·南源口 / 57
瑞鹧鸪·新安踏春 / 58
拾翠羽·东风旖 / 58
绕池游·蝶梦何限 / 59
花上月令·小楼三月述怀 / 59
胜胜令·三阳燕窠叹五色杜鹃 / 60
竹香子·紫藤花 / 60
蝶恋花·燕筑巢 / 61
摊破浣溪沙·归一 / 61
水龙吟·早春 / 62
咏柳 / 62
惜春令·村居晨景 / 63
汉宫春·瀹岭古道 / 63
蕙兰芳引·蟾月何时有 / 64
二郎神·太平湖踏春 / 64
春 / 65
浪淘沙令·翘英香余生 / 65
朝中措·青灯烟雨妤初 / 66
粉蝶儿·残叶漫飞若梦 / 66
生活 / 67

诗词集

2

望云涯引·天柱山游 / 67
凤孤飞·子影孤瘦 / 68
家赋桑梓 / 68
苏幕遮·早春述怀 / 69
江南春·岁月 / 69
晨起新安踱步 / 70
蛙声寄怀 / 70
凤衔杯·水芹几许醉红尘 / 71
雨中花令·惊雷帘卷沧桑 / 71
乡归 / 72
翻香令·忆南源儿时 / 72
红窗月·醉花拈 / 73
青杏儿·倦雁归 / 73
菊 / 74
钗头凤·大年初五 / 74
冉冉云·暮雨思 / 75
甘州遍·清梦遥寄怀 / 75
洞仙歌·醉夜月 / 76
画堂春·忠堡探春 / 76
寰海清·玉兰 / 77
牡丹 / 77
瑶阶草·清梦蟾月何处 / 78
二色莲·忆同浦时光 / 78
家之愿 / 79
半生自我剖析 / 79
佳人醉·秋菊邀月 / 80
撼庭竹·明月几时归 / 80
撼庭竹·明月几时有 / 81
南柯子·万象社会 / 81
苍梧谣·归 / 82
丁酉年正月初六有感 / 82
齐天乐·忆少年 / 83
醉太平·二月天 / 83
七娘子·多情东逝水 / 84
华清引·蛙语寄怀 / 84

步蟾宫·明月几时醉惆怅 / 85
东风寒·梨花远寄 / 85
光阴 / 86
阳台梦·百年古道诉沧桑 / 86
柚花飘零近黄昏有感 / 87
天净沙·抒怀 / 87
后庭宴·相思几何问明月 / 88
越溪春·明月几何醉红尘 / 88
芭蕉雨·惊雷浅醉 / 89
村居 / 89
打油诗 / 90
声声慢·余归 / 90
今世浮生 / 91
忆王孙·深夜思往昔 / 91
醉花阴·早春 / 92
新安 / 92
归一 / 93
文竹静思 / 93
万年欢·天涯清思 / 94
三阳燕窠游记 / 94
清明 / 95
醉春风·一阕流年 / 95
庭院 / 96
南歌子·呈坎记 / 96
武陵春·新马游 / 97
瓯雪飞·亲君恩 / 97
梦行云·戊戌国庆游三清山 / 98
天仙子·多情何事悲明月 / 98
鹊桥仙·牯牛降秋叹 / 99
今生 / 99
命 / 100
爱月夜眠迟慢·石台仙寓大山村游记 / 100
道 / 101
雨霖铃·野居 / 101
月上海棠·独上高楼浅赋 / 102

诗词集

教 / 102
夜游新安江屯溪湿地·送陈 / 103
杭州灵隐山游记 / 103
忆坡山静思 / 104
猫 / 104
家园 / 105
归田赋 / 105
致 2019 年高考 / 106
游大风呈坎归家有感 / 106
红嘴蓝鹊 / 107
记发展大会 / 107
咏泰农赋 / 108
水调歌头·金三角 / 108
仲夏咏·父翁 / 109
鹤冲天·人生 / 109
晨行水口 / 110
浪淘沙令·独游平潭海云居 / 110
海云居 / 111
"利奇马"梦游歙中有感 / 111
永遇乐·武义晨归徽州 / 112
观童世平长辈书法有感 / 112
醉赋文武徽州行 / 113
虞美人·乙亥年中秋 / 113
行香子·黄高峰篁岭伴友游且叹金陵 / 114
凤箫吟·九月十七日 / 114
甘草子·九月廿七 / 115
然 / 115
仲秋之国庆 / 116
秋夜月·倦思 / 116
满庭芳·酒蔓秋夜 / 117
安公子·浮檐问禅平生 / 117
渔家傲·寸丁凌乱浮香缕 / 118
唐多令·菊隐 / 118
海云居之晨观沧海 / 119
海云居之听潮 / 119

南京至上海高铁之遥赋徽州山水 / 120
应天长·竹君 / 120
暗香·兰绺 / 121
疏影·梅逸 / 121
叹之薛 / 122
本性本心 / 122
归 / 123
满江红·栖隐 / 123
海云居圖 / 124
行香子·生活 / 124
玉蝴蝶·忆 / 125
醉江月·冬日述怀 / 125
凤归云·归兮 / 126
清平乐·贺新年 / 126
庚子清居 / 127
天净沙·清梦浮生 / 127
江城子·春雨寒 / 128
南乡子·病焉 / 128
忆秦娥·睁瞑空逝 / 129
庚子元宵醉赋 / 129
采桑子·清梦 / 130
踏莎行·遥寄相思 / 130
玉漏迟·浮世 / 131
醉蓬莱·咏竹志 / 131
家赋双亲 / 132
相见欢·岁痕 / 132
南乡子·晨雾新安 / 133
深院月·鱼刺 / 133
二月二 / 134
卜算子·春夜静思 / 134
江神子·昆裔庸 / 135
水调歌头·浮生梦皆空 / 135
咏墨兰 / 136
小重山·孤行 / 136
婆罗门引·新安怀绪 / 137

南源小舍 浮绪

蟾月醉思 / 137
踏春抒怀一 / 138
春声碎·惊雷逸怀 / 138
中兴乐·打猪草 / 139
扑蝴蝶·南源初春 / 139
山亭柳·明月几时有清梦 / 140
两同心·青灯寄 / 140
洞天春·水口探春 / 141
庚子二月二十往返徽沪有感 / 141
念奴娇·庚子二月二十徽沪往返有感 / 142
长相思·春夜 / 142
少年游·鸣蛙浅醉啸红尘 / 143
二色宫桃·桃花思 / 143
凤楼春·浮世静欢 / 144
拂霓裳·醉玉兰 / 144
后庭花·海棠 / 145
一斛珠·牡丹 / 145
遐方怨·与谁同 / 146
欧波绰·浮生梦醒夜未央 / 146
古香慢·明月几时有 / 147
春愁 / 147
雨夜 / 148
相见欢·一曲红尘清梦 / 148
花上月令·莫问明月几时圆 / 149
且坐令·却道风月夜 / 149
咏杜鹃花 / 150
珠帘卷·梦悠悠 / 150
甘州遍·上饶大郸山卧龙谷浅游 / 151
醉思仙·搁船尖回醉无眠 / 151
木梨硔偶得 / 152
春思无眠 / 152
东坡引·醉扶嗔明月 / 153
瀹岭静思 / 153
越江吟·犹未见 / 154
明月逐人来·却道浮萍去 / 154

匆匆 / 155
拔棹子·羁影独行莫惜醉 / 155
清梦 / 156
醉太平·夜怅慨 / 156
友 / 157
梦玉人引·莫问光阴是何物 / 157
战 / 158
道 / 158
淡然 / 159
品令·素心若简 / 159
暮春雨后 / 160
浮生 / 160
天仙子·莫堪醉 / 161
望远行·白际 / 161
解佩令·谁人伴我红尘笑 / 162
望江南·朱顶红 / 162
月季 / 163
金银花 / 163
行香子·摸螺蛳 / 164
乌夜碎·浮梦休 / 164
归自谣·潇疏雨 / 165
殿前欢·烟波醉斯 / 165
松梢月·青衫谁忆 / 166
临江仙引·平生了却风掠竹 / 166
步月·影相随 / 167
望云间·素心清欢 / 167
喟平生 / 168
一雨念生 / 168
采莲令·但凭醉寄清梦 / 169
红尘 / 169
隐 / 170
渡江云·悠兮 / 170
眼儿媚·百合遥寄明月 / 171
梦江南·无言上西楼 / 171
彩凤飞·错相依 / 172

诗词集

诗词集

百合 / 172
梅花引·石榴花逸莫怜思 / 173
望海潮·新安江山居 / 173
雨霖铃·今宵醉 / 174
望仙门·寄相逢 / 174
定西番·冰川醉流年 / 175
长生乐·雅江清源 / 175
小重山·昆布岗雪山 / 176
行香子·波拉雪山勒布沟 / 176
梦行云·勒布沟至山南 / 177
一朴 / 177
芭蕉雨·念青唐古拉山—纳木措 / 178
天下乐·春泥作 / 178
青玉案·平潭东库 / 179
惜奴娇·夏雨 / 179
端午寄思 / 180
雨思 / 180
点绛唇·残樽引醉 / 181
杏花天·雨霁落花人独瘦 / 181
醉思仙·梦里何似安期 / 182
双双燕·相思共谁遥寄 / 182
孤雁儿·红尘且醉 / 183
戚 / 183
怅 / 184
满江红·犹堪可 / 184
思越人·薄酒难消往事 / 185
雨月 / 185
贺熙朝·把酒堪醉 / 186
献衷心·盏泪空流 / 186
徽州梅雨 / 187
相见欢·问青天 / 187
夜 / 188
战国群雄 / 188
遐方怨·泽后戚 / 189
一落索·横笛声缈人独醉 / 189

夏雨 / 190
撼庭秋·几许孤醉 / 190
家 / 191
看花回·明月何时归 / 191
苏幕遮·烟非烟 / 192
别怨·把盏听檐阶 / 192
拜星月·今夜谁共醉 / 193
梧叶儿·与谁同欢 / 193
望月 / 194
红尘 / 194
百态之社会 / 195
思越人·往昔空叹云烟 / 195
夜游宫·村居葭思 / 196
凤凰阁·清梦几缕 / 196
思 / 197
青玉案·君之思兮 / 197
立秋 / 198
宜男草·蓬蒿笑复 / 198
城头月·天涯叹方寸 / 199
怅思 / 199
烟雨孑思 / 200
荷华媚·明月何时洽 / 200
如梦令·思量 / 201
品令·衿期难禁 / 201
摊破南乡子·几番悠闲 / 202
看花回·院沉思归 / 202
醉红尘 / 203
蝶恋花·相思绮梦共谁赴 / 203
剔银灯·卿梦谁悦 / 204
梦玉人引·谁人共 / 204
思远人·素笺寄翼幸 / 205
蝶恋花·瑶琴欲弹思几许 / 205
高阳台·醉天涯 / 206
临江仙·复得余生悠 / 206
秋归 / 207

6

南源小舍 浮绪

杏花天·凭栏仰啸豪迈 / 207
四园竹·醉里挑秋风 / 208
悠 / 208
夏云峰·清梦何期 / 209
瑞鹧鸪·月如钩 / 209
珍珠令·怜顾 / 210
如梦令·醉异乡 / 210
枕屏儿·相思怅梦 / 211
促拍满路花·几叶知秋 / 211
寻芳草·几缕千百意 / 212
秋雨夜之草原 / 212
秋之草原 / 213
雨中花令·思量 / 213
相见欢·任我行 / 214
夜雨 / 214
隔帘听·葭思谁借 / 215
望江南·相思与伊同 / 215
临江仙引·夜泊长江 / 216
弄花雨·醉流年 / 216
芳草渡·笑疏狂 / 217
千秋岁·小舍疏狂邀月酌 / 217
八声甘州·余生弦静悠 / 218
折桂令·一帘红尘清欢 / 218
长相思·醉里相思潮 / 219
缑山月·庚子中秋 / 219
探芳信·窗寒恣醉无梦 / 220
凤将雏·邀影疏狂 / 220
云仙引·梦里嫣然 / 221
凭栏人·东西 / 221
秋夜静思 / 222
秋怅 / 222
倦寻芳·怅随风去 / 223
桂殿秋·红尘 / 223
秋风清·诺言 / 224
一叶落·自律 / 224

忆帝京·梦依旧 / 225
月当厅·笑红尘 / 225
小重山·莫闲愁 / 226
芭蕉雨·西风借 / 226
风入松·秋 / 227
离亭宴·重阳 / 227
云仙引·醉里恣狂明月欢 / 228
秋辞 / 228
玉簟秋·述秋明志 / 229
归自谣·俱往矣 / 229
湘春夜月·余生且醉嫣然 / 230
夜半乐·啸红尘 / 230
杂辞 / 231
岁月浮沉 / 232
空 / 232
望仙门·寄相逢 / 233
点绛唇·菊 / 233
杏园芳·杏 / 234
丑奴儿·松隐 / 234
根 / 235
根之续 / 235
风云 / 236
乾荷叶·夜雨 / 236
念 / 237
西地锦·梦中共谁忆 / 237
无题之听雨 / 238
菊思 / 238
梧桐影·醉卧飞雪三千猎 / 239
倚西楼·过客 / 239
十六字令·月思 / 240
十六字令·冬日落晖 / 240
金错刀·霄鸿恣摇九万里 / 241
恨春迟·犹可求 / 241
山花子·飞花拈 / 242
孤馆深沉·天涯谁堪从容 / 242

诗词集

南源小舍 浮绪

金蕉叶·小楼一笑云外 / 243

醉吟商·红尘坎坷三千路 / 243

碧云深·遥岑渡 / 244

庚子初雪 / 244

破阵子·谁共飞雪残烛潸 / 245

定风波·红尘独行 / 245

醉垂鞭·梦里忆流年 / 246

雨夜 / 246

无题之人间 / 247

无题之月华冷 / 247

傲娇西东 / 248

泠月逍遥 / 248

渔歌子·闲酌 / 249

雪中醉 / 249

破阵子·青衣容 / 250

临江仙引·因果 / 250

梅 / 251

玉蝶蹼·邀月 / 251

西施·葭思何处偷 / 252

晨冬 / 252

渐江畔 / 253

思月 / 253

雪 / 254

揽月 / 255

徽州民居 / 255

世道 / 256

黄钟乐·醉逍遥 / 257

杏花天影·茅台古酿 / 257

步蟾宫·澹月 / 258

浣溪沙·醉人间 / 258

秋千索·莫需甲 / 259

梅花引·雨夜 / 259

天仙子·邀月与醉共清影 / 260

凤衔杯·借百年 / 260

悠 / 261

无题之暗香 / 261

立春 / 262

醉东风·莫叹 / 262

无题之风雨 / 263

南歌子·岁无尘 / 263

南源小舍 / 264

辛丑除夕 / 264

采桑子·醉里若初归 / 265

探春令·渝岭 / 265

无题之红尘熙攘 / 266

无题之戚戚 / 266

无题之星月 / 267

生活 / 267

悟寄 / 268

绍兴古巷 / 268

凤衔杯·浮生 / 269

柳初新·归也 / 269

临江仙·小楼细雨听潇潇 / 270

四季赋 / 270

桃花轶事 / 271

影 / 271

越溪春·清音 / 272

踏莎行·遥思 / 272

诗词集

8

自 序

春雷滚滚万物生，一化百千终归初！

《诗词六境》——读，背，解，写，融，然！

生活，吾心；诗词，吾绪；

束意，破之；缚思，弃之。

归初，然也……

诗赋本源于情绪的表达，远古以曲目传唱进行传承。随着时间的推移，曲目的不断遗失，诗词也慢慢地从曲艺变成了文学的一种表达形式。因此，不论是《平水韵》还是《词林正韵》《中华新韵》等等，都是一种格式而已。

特定环境下的情绪爆发，带来无穷无尽的方向和力量。因此，第一时间迸发出的文字也是最原始、最能表达此时此刻心情的文字，是无法被拘束的，无法被束缚的。

但是，完全在前人制定的韵表中抒发这种特定情绪，则明显束缚了情绪和思维的迸发，使得某种特定的情绪陷入一种框框、桎梏的文字环境中，显然有悖于自然的发展。

有云"大道无形，我自独行"。过于刻意追寻所谓的韵框，易陷入执障魔念，"八股文"罢了；情绪需自然抒发。

在当今诗词文学中，其实完全可以融合借鉴已有的诗词基本格式，和

1

基本平仄韵律，来表达某种特定环境中的个人情感迸发，无须为了担忧所谓的"出韵或出律"而呕心沥血、费尽脑汁修改文字；也可完全依据韵表而作，来表达某种情绪思维；如有歌者，曲律可为今韵律，亦可为古韵律。

自然、顺势而为、第一情绪思维等等，才是最真实的诗词文化。

由此，《南源小舍浮绪》抒发的是个人的生活本源情绪及思绪，无意修饰词藻。

不为追寻世俗大流，只为自我生活思绪的归源。

江鹏于徽州歙县南源小舍

2020 年 5 月 5 日晨，春雷，雨，有感而作！

归初

生活，吾心；

诗词，吾绪。

束意，破之；

缚思，弃之。

归初，然也……

2020 年 5 月 5 日晨于徽州南源小舍

本初

八股文中昧，可怜犹未欤。

欲得字闲趣，唯归心本初！

2020 年 5 月 5 日晨于徽州南源小舍。

3

自勉

宁舍锦上添花万更，
莫弃雪中送炭一诤。
无惧世人如何贬语，
且待我灵台明以镜！

1992 年 6 月于南源口中学

诗词集

静心

读《红楼梦》有感，希望以后可以与父母一起过着平静安详的生活。

皓月笼沧水，
烟云萦圭筚。
幽泉石径流，
扁舟杳清瑟。

1992 年 10 月 12 日于南源口中学

南源小舍 浮绪

天净沙·齐云山郊游

远远望着娇小的背影，心中很开心，这就是暗恋吗？

蕙风索影娉婷，霏雨碧荷云惊，莺飞鹤舞柳汀。
垂蕉浣萍，瑶筝长箫醉卿。

1993 年 5 月 12 日于齐云山

晨游渐江

雾隐徽水斯，
烟袅山林伊。
云岫万重逸，
坐以忘我时。

1993 年 11 月 1 日于徽州南源残舍

搏

好话一句三冬暖，
恶言半字六月寒。
锦上添花时时易，
雪中送炭岁岁难。

1994 年 4 月 17 日于歙县中学

无题之家

看着父亲辛苦开车，母亲的半残身体，我有什么理由不好好读书，考取大学？！加油！

家道艰辛鬓发白，
岁月苦寒磨志坚。
我欲把酒问明月，
岂唯苍穹一线天？

1994 年 11 月 18 日于歙县中学

南源小舍 浮绪

述志

寂寞是为了以后更好地生活！一定要考取大学，出人头地！加油！

> 山空本无物，
> 石上溪独远。
> 径杳人飘零，
> 长啸苦中绻！

1995 年 1 月 25 日于徽州南源残舍

诗
词
集

题新安江畔南源口村之晨

> 远岫叠嶂蒸霞蔚，
> 孤舟水绷锁烟蒙。
> 雪霁林空鸟飞尽，
> 古道沧桑卷云匆。
> 飞涧竹曳泛空冥，
> 蓑翁垂髫话遗风。

1995 年 10 月 1 日于徽州南源残舍

阮郎归·咏苍松

大年初一，苍松励志！

野径逶迤绕峣峥。绝壁孤松横。鸿雪纷飞砺几程？鹤鸣夜惊更。
道归一、万物生。岁月卷崚嶒。嶙峋磐石根弥嵘，啸傲寒日明。

1996年2月19日于徽州南源残舍

诗 词 集

志向

定要考取全国排名前50名的大学，为父母争气，为自己的将来拼搏！
加油！

尘世浮熙攘，
韶华弄清影。
唯君迈行空，
扶摇九霄骋。

1996年7月1日高考前夕于歙县中学

8

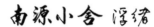

离别

　　最疼爱我的奶奶去世，伤心欲绝。再也无法给奶奶挑水了。希望大学毕业找个好工作，好好孝顺父母。不让父母再劳累了！

漫漫求学路，庐州惊梦机。
夜夜思重慈，疾马恨时飞。
奄隔两凄凄，别离思依依。
儿孙魂欲断，泪问何处归？

1996 年 10 月 10 日于徽州南源残舍

懵朦

懵如莲，朦似水！
窈窕淑莲，红笺曾寄！
却道归时误芳期，唉呼悲呼？

1997 年 6 月 20 日于合肥

江城子·社会@学业

不甘心留级，闯荡社会需坚韧！明天要去番禺了，好好闯荡！为了父母，为了生活，一定要出人头地！

西风潇雨忘江湖，夜无情，月有情。人生纵横，何处留踪迹。天空海阔比远志，夫亦云，乱迷惘？
正道人间却无眠，疾雷落，破鬼魅。径幽溪弯，斜阳青山外。赤脚高歌踏清影，问沧桑，揽苍穹！

1998 年 3 月 28 日于合肥

渔歌子·新安江

郭外新安漾孤舟，残枝山中松扉休。
鸳鸯戏，烟渚悠，点破白雪遥万丘。

1998 年 12 月 31 日于徽州南源残舍

10

蓦山溪 · 时风清月

　　寒波清影，浮生铅华伫。烟卷浅云舒，东流水、卿霭壑树。山朦扁舟，月残凭栏意，暗香捋，漫星空，吾欲乘风去。

　　巷陌沧桑，疏梅隐檐绪。苍虬醉无痕，映西厢、柔绾轻语。回转千百，萦梦吟筝笙，红颜瘦，空惆怅，若何共婵赴？

1999 年 3 月 3 日于徽州南源残舍

点绛唇 · 醉雨

　　焦叶飘零，暖风著柳笼丝雨。恼人情绪，秋事还如许。
　　宝勒朱轮，共结寻芳侣。东郊路，乱红深处，醉卧山石暮。

1999 年 10 月 2 日于徽州南源残舍

乡晨

疏柳起晨晞，
斜雨撩篱隈。
草堂檐下绻，
空谷燕双飞。

2000 年 5 月 2 日于徽州南源残舍

长相思·雨

一声声，一程程。天空雀影舍中生，此时心乱宁。
梦难却，情堪诚。昔人如兰琐纷零，空檐滴到明。

2000 年 12 月 27 日于合肥

喝火令·竹

雾雪纷飞尽，点点落浮梢。层峦叠嶂松篁涛。凭鞭随千丈，悠悠万年遨。

数缕炊烟袅，筱溪疏梅撩。碧卿帘卷儿郎谣。三五苍筤，紫玉拂筝箫。野舍炉暖茶香，一阕清欢邀。

2001 年 1 月 18 日于徽州南源残舍

苍梧谣·春

春，江水畔兮疏香芬。青山黛，云鸿了空痕……

2001 年 3 月 3 日于徽州南源残舍，新安江畔

厅前柳·寄长笺

晨微寒，煦未升，碎云流，溪云间。薄裳缓踱堤岸，蓝鹊闲。江波缈，柳含烟。

莫凭道、水天共一色，心若无尘自清欢。东风剪孤愁，捻沉怜。霄鹤去，寄长笺。

2001 年 3 月 17 日于徽州南源残舍

西平乐·徽州记事

即将走上承担家庭重任的道路，回首往事，历历在目，一切安好！

始皇远瞻，山越绵亘，七山一水半田。秋蟾掠影，隋文英睿，千古风流歙州。六股新安旖层峦，龙田青芝埭尖，衢河浅卷鳞波，轩辕苍黛溪潺。白际遥牯牛，巷陌幽、太白书离骚！

砚海烟墨，疏梅暗香，青檐沧桑，幺弦轻吟。倚朱栏、肴薇嘉淳，翘英冷寒，叠嶂蜿蜒百语，道脉薪传，胡焱衡庐隐龙川。济阳江革，一阙岚梦，应晓秉谦，维机性清，俊友素怀，邀明月谱芸编！

2001 年 6 月 30 日于合肥

秋夜雨·倚窗听雨

天高水长江枫暮，蓑翁独钓野渡。鸿雁破西风，掠汀岸、沙鸥无数。

筱溪蛙语百啭吟，闲人归、云卷万绪。残叶飘零去，三更夜、倚窗听雨。

2001 年 10 月 8 日于海宁

诗词集

庐州行

秋风劲疾乱飞庐，
本心可鉴照明月。
多情迷蒙醉太白，
天涯处处绮影没！

2001 年 11 月 17 日于合肥

15

南源小舍 浮绪

快活年近拍·大学思兮

1996年9月17日入学，2001年6月30日顺利毕业，有感。

丙子丁巳幸，翁郎建工始。凭栏翔九天，鲲鲡遨沧水。恣意不羁，浮生似醉，霆雷瞬落，三更凄梦惊耻！

痛思定。番禺怅回，朝出暮归里。同窗惜怜，曾玉铭刻识。星瀚遥迢，琼花化凡，红尘归一，暗香浮动还醉！

2002年1月16日于徽州南源残舍

心愿

努力工作，争取把母亲的病治好，争取不要再让父亲辛苦劳累。

小楼三更人未眠，
唯愿今生不流离。
清梦无涯引残月，
浮生更得几人知？

2002年2月1日晨于海宁

16

山樱浅春

疏梅渐褪西风峭，山樱却寒独自开。

数点湘妃染黛岫，静娴幽蕙偎青苔。

溪云浮缈石径溢，且待莺时百花回。

庭空院深斜阳外，筠窗煦晚倦慵来。

2002 年 2 月 26 日晨于徽州南源残舍

太常引·静思

　东风一夜海棠痴，重门掩、清香依。莫道春浅徊，极目舒、蝶舞莺飞。

　垂柳斜竹，疏篱松扉，帘外影斑稀。野径云崖晖，退空碧、岑堤静思。

2002 年 3 月 9 日于徽州南源残舍

17

南源小舍 浮绪

破阵子·忆海宁

2001年7月8日海宁报到上班。后记有感。

辛巳乙未期翼，骥行千里崎辛。鸿翔岳良随别克，凭栏邀月誓翱尘。遥寄赋家亲！

三五同窗卫杰，瑞庐国富戴斌。西山亦菲成双影，沓潮清欢升氤氲。沧海济帆云！

2002年3月28日于杭州

人生百态之生活

料峭西风蔓朝颜，
空瞑孤涧澹长空。
横斜疏影浅浮痕，
遥绡阑月映尘匆。

2002年10月15日晨于上海

卖花声·潭溪静香

沙燕破熹风，大江东流，波卷汀渚漫芳踪。虬枝横斜乱疏影，云帆崖东。

黛岑深处蒙，鹤笙浅逢，潭溪独钓弥岚中。筱竹纤沉碧莲生，翘英浮慵。

2003 年 3 月 8 日于徽州南源残舍

菩萨蛮·述志

从环境院金晓峰工作室离职，创业，有感！

叠雪纷飞遍阡陌，野蹊荆棘夜漫落。孤骑莫悲辞，仗剑闯天涯！一阙繁华掠，遥望江湖拓。鲲鹏志凌唯，扶摇九霄肖！

2003 年 3 月 18 日于上海

千秋岁 · 惜桂月夜

　　桂香旷上，抱明月空相。笙箫忽起风柳漾。遥望孤山寂，数点星空亮。夜浮白，帘卷花逸人未往。

　　残影掠幽巷，杯尽弄欢飧。朱弦调、仰天望。西楼锁清梦，轻寒雁无怅。叹今生，倚剑啸兮莫可放！

2003 年 9 月 11 日于徽州南源残舍

六么令 · 荷洁

　　院静庭空，独酌钩月问。小池涟漪，断续寒砧意犹紧。几数残荷缱绻，暗香若浮隐。层浪淘尽，无限江山，凭吊万古沧桑悯。

　　夜潜西风离绪，勾栏弄疏信。世事那堪萦首，枯禅皆梦恨。古道筱溪亭榭，琵琶出檐顺。半梗差引，一笺闲鹤，了芜尘蒙野云遁。

2003 年 11 月 14 日于徽州南源残舍

望梅花·蜡梅

　　白天大雪的时候，蜡梅开了，江边的村外，丹顶鹤在沙洲上起舞，小溪上淡淡的水雾缭绕，看上去宛如仙境。

　　到了半夜的时候，乡野的屋舍四周空旷无声。天气寒冷，可是心情悠闲，喝点小酒，美好的遐想在淡淡的醉梦中诞生。

　　蜡梅雾雪独自开。江郭外、鹤舞汀蛲，一抹溪云喟嫣哉。
野庐三更阶。静夜峭寒莫需怀，浅醉清梦来。

2004 年 1 月 18 日于徽州南源残舍

风入松·松傲

　　黄花飘泠漫飞焉。雾霭胧缈间。轻舟涧峡东流去，掠疏影、数分孤烟。疾风劲寒崖堑，素琼啸傲浊怜。
　　晨霜片叶知时然。竹妃掩庐闲。苍茫尘俗梦中休，澹汀陌、袭卷怒艰。鹤鸣九皋笙余，唯复危峭揽巅。

2004 年 2 月 19 日于徽州南源残舍

于飞乐·桑梓平生三月天

翠柳轻拂，筱溪蛙声伏喧，乱剪东风悠闲。辛夷漫，掩篱扉，姹紫犹怜。玉肌清骨，短疏枝、海棠好欢。

晓日斜挂，松溪微寒，素佼浣纱嫣然。野凫潜，碧草芊，蝶舞翩跹。凭栏远望，卷舒云、逍遥紫烟。

2004 年 3 月 16 日于徽州南源残舍

咏菊

黄叶飘零霜满天，
残菊艳傲啸西风。
雾朦林幽掩远岫，
石径疏栏杳弦空。

2004 年 10 月 27 日于徽州南源残舍

铭

自律。有感。

西窗剪烛肃鸿儒，杯盏离聚无白丁。
朱门琴筹蔽经初，薄金散取皆有道。
名利熙攘殇贤圣，影瘦江阔杳帆行。
清风明月复遂性，孤鹤傲松啸平生。

2005 年 1 月 5 日于徽州南源残舍

水仙赋

栖庐暮寒风萧萧，六盏莲台簇黄蕊。
帘卷轩窗雨潺潺，凌波仙子步影绮。
星汉遥渺路迢迢，玉肌清雅怜旖旎。
红尘一夜喟熙熙，醉里挑灯纾香里。

2005 年 2 月 9 日于徽州南源残舍

23

卜算子·蕙兰

料峭西风策，暮莩涧野迹。寒阳初上卷鳞波，顾窗外、柳莺呖。
倦客清梦觅，唯闻暗香逸。古道樟亭疏影驳，溪水遥、蕙兰昵。

2005 年 2 月 26 日于徽州南源残舍

夜游宫·若梦惜

夜阑弥蒙浅醉，意绸缪、斜顾窗外。南山苍茫静寥邃，却道是，
蛙声里，阡陌外。

一缕素笺寄，残灯摇、斑影憔悴。东风清瘦绪细细，若梦惜，
有今生，无来世。

2005 年 3 月 16 日于徽州南源残舍

24

柳梢青·春柳

　　万里云匆，燕语莺啼，几许山中？江绡轻寒，苍亭孤舟，汀柳烟蒙。

　　伊人遥寄征鸿，凭栏月、疏影浮空。三杯两盏，幺弦余笙，独卷卿风。

2005 年 3 月 25 日于徽州南源残舍

咏文竹

　　丛枝倚琼石，簇荫卷岚云。
　　碧节若铮骨，纤絮犹氤氲。
　　紫陶轩窗秉，茸丝疏影分。
　　东风入清梦，高洁似卿君。

2005 年 5 月 2 日于徽州南源残舍

酷相思 · 渡红尘

与女友分手后，伤感！

阎风料峭径无引，薄丝衾、倚栏损。梧叶涧、苍檐滴蕉恨。啸红尘，羁愁尽。渡红尘，云愁尽。

酒入愁肠明月隐，西窗外、蟾宫愤。醉无眠、一帘清梦逼。情嫣然，青天问。断嫣然，苍天问。

2005 年 9 月 13 日于上海

琐窗寒 · 蕉怜

秋暮日寒，疏风斜雨，扁舟远去。半笺蕉叶，青苔古檐斜树。意徘徊、凭栏掩面，陌客情寄归何处？世梦萦云鬓，尘烟无痕，月华初旅。

怅负。别离绪。涧峭石径暮，乱竹瘦雨。闺深切盼，遥杳挑灯无寐。滴空阶、浊酒掠影，蕙兰相思却几许？望众生、繁华落尽，虚籁浮生渡！

2005 年 11 月 30 日于徽州南源残舍

人月圆·遥思

很高兴认识宝钢友人，有感。

淫雨霏霏人伫望，遥岑江际临。葭草芊蕙，沙鸥掠影，九溪云沉。青灯初上，邀影对饮，更堪低吟。斜倚东风，浅语轻喃，蝶梦卿心。

2006 年 2 月 7 日于徽州南源残舍

甘草子·霜思

冬邈。雾绡笼岫，孤雁惊淞落。蜡梅艳峭风，霜叶漫飞陌。

娥影凭栏掩檐帷。将寒砧、醉卧西角。月浮暗香卷疏萼，思卿好梦若。

2006 年 2 月 24 日于徽州南源残舍

南源小舍 浮绪

诗
词
集

天香引·寄思

怀念去年武汉东湖的初次相识，怀念武汉工业大学大二那清纯的大眼睛荆州女孩。后记。

南山杳杳依稀。天苴苍檐，岁月流斯。烟雨阡陌，蓑翁孤舟，且问何期？

梦里长亭江堤，古道芭蕉斜晖，伊人独倚，轻扇浅喃。把酒寄思。

2006 年 5 月 9 日于上海

烛影摇红·觅

蓦然回首，风戚戚，楼依旧、红尘陌。一眼情缘几时修，莫道歧梦入。

花凋月沉行远。自飘零、静思难绎。别离苍茫，岁月无期，千百度觅。

2006 年 10 月 16 日于上海

芳草渡·无眠

怀念武汉工业大学的雨夜，大眼睛荆州女孩，你怎么说消失就人间消失了呢？女人心海底针，唉！

风萧萧，叶飘零。薄衣襟，捻青灯。三更无眠听檐声，卷珠帘，顾窗外，夜苍茫。

庭院沥，冷寥寂，倚栏独笺遥忆。且无言，惆怅萦。疏影隙，醉中觅，却天明。

2006 年 12 月 7 日于上海

临江仙·冬怀

冷雨纷绵萧索，鹤舞蒹葭烟同。落叶黄花掠枯重。杏霭隐前山，林寒云涧慵。

西风依旧浮影，绿蕉瘦竹傲松。鹤鸣九天了痕空。独钓一江舟，潮平繁华终。

2006 年 12 月 20 日于徽州南源残舍

诗词集

月华清·舛空

水中残月，镜里凋花，黄叶枯零层染。孤鹤唤松，兼葭飞舞烟淡。梅掠影、兰蕙竹斜，菊隐扉、浅醉栏探。哉憾！ 幽壑转流年，那堪浮鉴！

嗟叹繁华点点。路尽意无涯，爱怨一念。泪眼如削，伤离魂黯黯。天何老、宛如初见，情难绝、晓风泛泛。兮忏！ 寥愁心万结，舛逝空揽！

2007年2月28日于徽州南源残舍

恨来迟·孑影独行

灯火阑珊，东风料峭，孑影独歌。且道是、前路漫漫无迹，回首跎蹯。

夜茫茫、残烛未绝蹉磨，问几许、泪眼婆娑？ 更那是、绸缪飘零归处，梦断烟陂。

2007年3月12日于徽州南源残舍

30

空相忆·紫荆花

汀柳旭，风卷鳞波极目。一丛斜枝层叠簇，几许繁花馥。
嫣红点点彩蝶倏。桃李那堪犟蹙。且把愁绪尽祛逐，一壶清欢沐。

2007 年 3 月 27 日于徽州南源残舍

珠帘卷·夜峭寒

夜漫漫，风萧萧。倚栏对影浅谣。细雨蒙蒙微寒，残墨落笺梢。
窗外蕉竹簌簌，小楼青灯孤邀。遣寄千里忐忑，珠帘卷，梦如涛。

2007 年 11 月 17 日于徽州

青玉案·阖隐

径幽叠嶂疾风起。草劲乱、叶满地。阡陌苍茫遥天意。蕉横竹曳，心心戚戚，佳人复何矣？

鹤鸣九皋西北砺，一清梦、风如是。剑舞琴箫谁与醉？月斜影疏，浮生斯兮，韶华若水逝！

2007 年 12 月 4 日于徽州南源残舍

如梦令·谱曰

峭雨朦茫初歇，寥疏痕遥无彻。
蓦首阑珊泪，肃影清简轻蹴。
谱曰，谱曰，
何所归兮逝月！

2008 年 1 月 11 日于徽州南源残舍

八六子·孤骑清蟾

忆往昔：海宁姚岳良的鸿翔、杭州华汇、上海现代集团晓峰工作室（胜华公司）、建委、华东建设等等。期间遇到苏州华渊公司的陈先生（台湾人），得其赏识，开始有创业的想法。

第一个项目就是九六级给排水的石国际和徽州老乡黄徽介绍的 XX 集团的一个 5000 平方米的厂房设计。

在此期间认识了沈卫华、顾亦菲、余国富、李丽、李颖、吕晓颖、夏成忠、陆挚宏、王洪涛等朋友，也得到了九七级给排水王二强和张小兵、南汇张新华生活和工作上的支持。2006 年 9 月底在武汉东湖旅游遇到了来打工的武汉工业大学大二荆门女孩，眼睛大大，很清澈。至 2007 年底的往事及恩师、前辈、友人、同窗。有感，后记。

志凌云，海宁追梦，钱塘华汇索真。烟雨西湖汀柳岸，苏堤断桥灵隐踪，九溪苍松十里鞏。华亭晓峰素笺，石门清雅，新华邀樽。

苏昆峭晨。华渊陈、李吕丽颖情殇，东湖缘浅，二强家明。流年、黄徽国际扶行，浪迹统一犹闻。骥华东，风萧孤骑红尘。

2008 年 2 月 8 日于徽州南源残舍

伊州令·韶华莫却

方道一念济云帆，有感。

风眸筱蕉戏莺雀，篱外疏香著。几重烟霭锁蓬庐，伊戚戚、蝶舞葭陌。

一盏瓯雪遥寄，揽一笺狂魄。一襟豪情共谁迈，挥一道、韶华莫却。

2008 年 2 月 15 日于徽州南源残舍

诗词集

步虚子令·遣愁述绪

熹阳一点照孤枝，层峦染朱肌。汀柳万丝，江阔水缈烟迤。长亭外，孤舟辞。

空院残檐愁千缕，步筠蹊，露沾衣。寒香寂寞，幽兰独倚残堤。水东逝，怅何期。

2008 年 3 月 1 日于徽州南源残舍

南源小舍 浮绪

家山好·徽州

家乡，有感。

徽州古道绕层巍，云海幻，入重崖。渐江蜿蜒出六股，新安徊。苍檐斑，筠溪漪。

问政山中紫阳院，千年鸿儒随。古砚松墨，庭深院静卿月归，且道牌坊思。

2008 年 3 月 20 日于徽州南源残舍。

诗
词
集

诉衷情·长啸行

三尺青锋烈骥锵，风萧易水茫。渐离筑，荆轲慷，野亭遥西疆。浅醉挑残裳，离樽将。侠骨剑胆傲沧桑，长啸行！

2008 年 4 月 28 日于上海

最高楼·啸苍天

风萧萧，易水兮峭寒，燕丹诀残垣。渐离击筑荆轲啸，三尺青锋赴秦关。斜阳下，烈骥嘶，鸿鹤潜！

碧樽尽、浅醉挑灯怒。不归路、八千里龙虎。咸宫杳、道磐艰。侠骨柔情凌红尘，剑胆琴心傲群贤。驿亭外，极远岑，啸苍天！

2008 年 4 月 28 日于上海

更漏子·心性与交易

枫丹白露公司钱被卷走，有感。

命冲天，运何如，月邀西楼浅妤。心归一，性本初，长啸震宵无！

红尘笑，人生疏，里挑外撅苍梧。复生[1]崇，季新[2]荼，肝胆逊孔初？

注：①复生：谭嗣同，字复生。
　　②季新：汪精卫，字季新。

2008 年 9 月 5 日于上海

36

青门引·静思

寒烟笼阡地，遥夜苍茫星外。浅醉春秋邀明月，孤舟残影，犹叹江南酽。

峭枝暗香掩柴扉。数点愁思唏。琴箫红尘静心，青衫浮沉如风逝。

2008 年 12 月 20 日于徽州南源残舍

偶自遥·承恩

2008 年 12 月，因讨还欠债而与人发生冲突。经起诉，最终拿到血汗钱。落难之际见真情，感激友人徐杰明相助。

偶自逍遥，鸿雁华亭，骥千里、北赴金陵。奈何鬼魅，磊落长卿。风恍煞，雨如晦，寒刀孤骑、南工征。桀骜红尘，杰明予炭显性馨。

鼓楼凄寥，三教九流，黄花落、襟心飘零。半个时辰，四尺天明。臭犹膻，食若汤，四十六平廿八萍。五日清修，一朝春梦，云笺几许锁今生。

2008 年 12 月 31 日于南京

37

诗词集

春

野舍沧桑绝不尽，

涛风卿月隐熹微。

淡烟暮雪寒未了，

汀柳绿凫携春归。

2009 年 2 月 9 日于徽州南源残舍

梅花引·南源探梅

峭雨霁，风细细，蒹葭葳蕤遥天呓。白鹭飞，云湿衣，青石径漫，筱溪绕村堤。

古道长亭斜阳外，倦客孤影松篁里。梦湘妃，蒙香菲，嫣然浅醉，疏枝映月晖。

2009 年 2 月 14 日于徽州南源残舍

柳含烟·汀柳

汀渚岸，万缕颜。影卷微波娉婷，百里浅翠江际边。柳含烟。
白鸥掠溪蒹葭隙，古道樟亭茶逸。三五闲人逍遥喧，自清欢。

2009 年 3 月 18 日于南京玄武湖

晨起前山景

雾茫掩远岫，
观自浅云偎。
林深飘琴瑟，
苇曳惊鹭飞。

2009 年 3 月 25 日于徽州南源残舍

乱

夜半枕凉旧人去，
月悬西空影孤阶。
流年沧桑乱梧迹，
却得柴扉守沁开。

2009 年 9 月 13 日凌晨失眠，于徽州南源残舍

诗 词 集

鹧鸪天·咏梅志

铅华洗尽志未央，犹记琴绵暗浮香。细水流年莫阑珊，寥行疏
笺西风芳！

一盏灯，半勺霜，月斜纤影诉情长。萦念天涯千百度，几许魂
梦回南桑！

2010 年 1 月 7 日于徽州南源残舍

40

南源小舍 浮绪

新安江

小楼三更闲风寒，
一弯新月映梅颜。
熹微初上石径斜，
千里江阔生渚烟。

2010 年 2 月 1 日于徽州南源残舍

咏茶花

薄衾难耐三更寒，听雨一夜残醉浮。
素面顾盼轩窗外，贞桐山茗叠蕊羞。
虎斑玉鳞十样锦，学士台阁紫重楼。
料峭西风檀香梅，共倚筱竹逍遥悠。

2010 年 2 月 14 日于徽州南源残舍

41

诗
词
集

淡黄柳·思祖君重慈

孤亭残酒,南源水云柳。松篁沉沉青山瘦。烟雨十里依旧,却道故人拄杖逅。

睹物噭,小楼泪漫袖。思祖君、江俊友,念重慈、汪秋月若复。生死茫茫,哪堪情断,一曲鹤笙意叩。

2010 年 3 月 5 日于徽州南源残舍

燕归梁·悠然听瀑

断鸿晚去云崖前,双燕剪风颜。碧草芊蕙衔泥欢,虬枝乱、掠浮烟。

野径寻芳,山黛林空,蓝鹊浅幺弦。小舍淡淡素人闲,涧瀑飞、静悠然。

2010 年 3 月 18 日于徽州南源残舍

南源小舍 浮绪

鬲溪梅令·莫问卿月几时圆

暮春轻寒蝶翩跹，戏云烟。十里堤岸桃杏、尽芳颜。一帆天涯边。
莫问卿月几时圆，拂幺弦。空院独锁，细风潜嫣然。蛙声唱悠闲。

2010 年 3 月 30 日于徽州南源残舍

万象

世俗慨浮躁，
闲人犹趋还。
随携瞬多面，
肝胆逝真颜。
任自随风去，
吾持本心间！

2010 年 5 月 1 日于徽州南源残舍

43

陋室赋

老屋修葺，有感。

> 帘外西风斜，庭空瓯雪零。
> 疏篱无白丁，凭栏遥雨町。
> 紫炉檀烟袅，苍砚松墨青。
> 陋室无一物，素襟唯德馨。

2010 年 5 月 8 日于徽州南源残舍

定风波·浅怀

残夜冷峭秋风辞，离愁落叶飘零期。朱门庙堂戏若梦，邪乎？栖庐云隐逍遥依。

寥寂惆怅东流水，性清，幺弦绪怀明月偎。醉梦浮生仰天啸，哉乎！归去来兮逝如斯。

2010 年 9 月 22 凌晨于徽州南源残舍

44

江月晃重山·醉青灯

醉闻夜莺嘤嘤，有感。

西风萧萧峭寒，遥寄远岑空汀。淫雨霏霏叶飘零。漫柳岸，一抹烟云生。

筱溪苍松径幽，寒潭深涧树峥。苫蓑箬笠耕樵嘤。莫等闲，乱影醉青灯。

2010 年 9 月 27 日于徽州南源残舍

归去来·道绪

功名利禄忘，红尘去、浮梦醒往。繁华落尽应无恙，道归一、万物降。

风雨潇潇窗外怆，焦叶凋、飞花凌巷。残烛浅醉更沉想，莫回首、无须怅。

2010 年 10 月 23 日于徽州南源残舍

渔家傲·冬述

凋荷凌乱沧池错，萧萧几许一江漠。孤帆远影弦飘邈。阑风作，往事莫忆犹叶落。

溪云澹澹疏香却，小楼残烛红笺著。铅华洗尽扶摇鹤。卿月略，岂应是低吟独酌？

2011 年 1 月 26 日于徽州南源残舍

虞美人·浮梦

峭夜漫漫空寂远，帘影情缱绻。浅醉栏轩语呢喃，星汉瀚渺檀香拈、意萦檐。

南山画眉转卿婉，南柯惊梦叹。繁华落尽烟花谦，清风十里顾芸帘、闲云纤。

2011 年 2 月 19 日于徽州南源残舍

46

看花回·南源春归

瀹岭古道，有感。

瀹岭侧帆大江扬。苍檐柳妆。古道逶迤卖花村，虬枝绕、姹紫嫣芳。孤村筠溪绕，莺戏嘤长。

遥看远岑漫烟裳。百里松冈。霭风轻抚寄清吟，云沾衣、数丛海棠。浅醉野杖归，蟾影疏香。

2011 年 3 月 8 日于徽州南源残舍

西江月·石潭掠影

雨霁层峦叠翠，桃李芬芳大同。野径逶迤烟岚从，虚影莫幻、何处觅仙踪？

极目云海漶流，广寒霓裳空蒙。兴尽晚归炊烟逢，青灯初上、邀月醉慵鸿。

2011 年 3 月 19 日于徽州南源残舍

缑山月·春月夜

赠友徐迷英，后记有感。

浅醉挑灯行，断续呢喃莺，独上西楼仰天听。南山影斑驳，苍猊啸，繁星乱，卿月明。

柳风料峭夜寂寂，巷陌疏香征。虬枝残萼庭院馨。三更寥无眠，迷英杳，一江去，任平生。

2011年3月28日于徽州南源残舍

声声慢·叹七夕立秋

分手，有感。

陌上紫蝶，黄花蔓篱，疏影柳荫燕偬。钩月斜凭西栏，青花郎重。烛残窗掩人去，独念念、情空自恸。锁离愁，作作作，庐馨却道茶懵。

蝉鸣古道驿桥，秋风至、长恨惊雷叶动。烟寒乌啼，独醉浮生初梦。情断肠空流水，苔枝乱、西风与共。叹叹叹，半帘惆怅谁人懂？

2011年8月8日于徽州南源残舍

48

望远行·寥月夜半生思

　　峭风潜入窗,薄裳不耐贫。忆往昔、廿年学业终成仁。鲲鹏志凌云,济云帆报亲恩。剑胆琴心啸傲红尘。

　　渐江东逝水,辗转渡浮沧。三十近不惑,两鬓白发嗔。哪堪寥月夜,倚栏浅醉凭樽。莫惆怅、世事几何昏?

2011 年 9 月 12 日于徽州南源残舍

朝玉阶·大道独行浮云嘲

　　年少得意傲天骄,东西南北中,任逍遥。万千红尘悠逸遨,举樽邀明月、韶华撩。

　　三千坎坷风雨萧,九万里扶摇,危崖凋。大道独行浮云嘲,却道是沧海、叠狂涛。

2011 年 10 月 7 日于上海

49

南源小舍 浮绪

过涧歇 · 世事若幻

诗词集

2007年底到2011年9月底的过往岁月。

2008年初，应南京广艺金志华的邀请，帮他处理设计事宜，却因为"活闹鬼"挑拨闹事，发生纠纷，入鼓楼看守所5天，感慨万分。此后，在来安余建国的帮助下，事业稍微有些起色。

后为了徽州区枫丹白露项目，却被骗2800万。长恨人心不古！

幸得同窗潘卫华有义，做了上饶的操场项目，给了我一口气，多了一丝转圜余地，非常感激！

短短几日，偶遇岩寺农行胡婷、屯溪陈艳芳，远赴东北创业。生活不易。

有感，后记。

江阔。赴金陵、南工广艺消瘦，志华纷争凭说。羁旅猎。余建国棠邑醉，新安顺鑫晔。相见欢，故人醉慨寄明月。

谦诚明镜，更那堪士桐犹窈。枫丹白露，梦醒红尘阅。卫华清风，上饶建操，胡婷艳芳，缘断阳湖杳空彻。

2011年11月17日于上海

虞美人·自古惆怅邀明月

赠友陈艳芳。

西风萧瑟落残叶,千里堆云没。野渡孤亭遥岑峦,江阔烟缈染层颜、竟嫣然。

自古惆怅邀明月,却道青灯窃。小楼一夜乱思潺,几许别离闲愁怜、莫凭栏。

2011 年 12 月 3 日于徽州南源残舍

霜天晓角·自勉

夜澜香浮没,疏梅凌寒彻。雪霁风冽无痕,肝胆狂、醉明月。

乱影,遥空撷,残星寥欲绝。金戈铁马百战,闯天涯、更屹屹。

2012 年 1 月 21 日于徽州南源小舍

诗词集

解语花·居兮

淫雨初歇，风萧枝上，叶垂玉露散。山黛林卷。卷残云、雾霭
阡陌崖远。江阔烟浅，蒹葭曳、鸳鸯戏伴。闲鹤吟，轻帆远影，横
笛杨柳岸。

苍松瘦竹菊断，虬梅暗浮香，天涯倦算。羁旅归雁。远白丁、
独醉西楼绮幔。卿语轻婉。引鸿儒、几度青宴。笑红尘，红袖拂筝，
衡庐浮生羡。

2012年1月27日于徽州南源残舍

垂丝钓·渐江独钓

斜风细雨，小楼门前岑路。极目远舒，大江杳去。麻蓑处，独
钓筱溪屿。柳堤渡，烟云飞白鹭。

孤舟晚泊，一缕炊烟暮暮。谁堪共虑，疏影晤浅顾。数盏玉瓯互，
慨几许，半宛清愁赋。

2012年3月3日于徽州南源小舍

瑞云浓·金滩瀹坑踏青

寒阳晴晚，黎杖轻量幽旅。寻梅无奈花凌处。风袭虬樱，叹嫣然、芊蕙满树。遥望江峦外，云岚漫远渡。

筱竹清瘦，溪水绕、孤村清绪。素佼浣纱青丝羽。妍影惜怜，堤柳飞、弦乱几缕？三五炊烟，莫辞归去。

2012 年 3 月 10 日于徽州南源小舍

江畔踱步三月天

玉兰三月香浮动，逍遥无涯江水茫。
汀岸浅踱柳万缕，凌波微步踏烟行。
一支桃花青檐外，独孤掠影风清扬。
磐石嶙岣筠溪淙，壶里乾坤鹤笙央。

2012 年 3 月 17 日于徽州南源小舍

南源小舍 浮绪

诗词集

清江引·感恩

之所以能一路向前，因有恩师、长辈、前辈、领导、友人……铭记于心！

峭径无涯叠嶂徙，遥指长空际。
梅香重岭外，云骢行千里。
情恩若弘卿月海。

2012 年 3 月 31 日于合肥

锦帐春·三阳燕窠游

煦阳高挂，松岑苍黛，杂木遍漫无踪迹。虬樱落，红鹃绽，潭溪犹未见，林深瀑伴。

径幽折旋，风萧莺哢，峭崖孤危揽寒涧。极目舒，烟云缈，空蒙醉莫幻，瑶池嬿婉。

2012 年 4 月 3 日于徽州南源小舍

54

谢池春·莫道春愁

梨花晚落，飘零离别无迹。诉不尽、沧桑瑟瑟。虚无空沉，堆云压阡陌。夜茫茫、残星寥寂。

缥缥缈缈，冷冷戚戚觅觅。福祸兮、所依犹逸。莫道春愁，凭酒西窗绎。烟雨遥、梦里重历。

2012 年 4 月 14 日于徽州南源小舍

志

艺术远离庸俗、尔诈我虞；设计摈弃小人、哗众取宠；人格坚持本心、本性、本我。

吾心有志大罗坤，
安能折腰近小人！
浮生不作安期事，
醉卧山岗远俗尘。

2012 年 5 月 8 日于上海

55

忆江南·古樟

南源千年古樟踱步，有感。

夏未眠，林深闻莺啼。
斜阳初升樟影疏，水草萋萋云沾衣。
静伫听泉痴。

2012 年 9 月 17 日晨于徽州南源小舍

菊阑水云居

叶落霜痕鸟飞绝，
竹溪清浅隐浮疏。
艳菊斜疏傲残影，
半壶弦酒醉云居。

2012 年 12 月 13 日于徽州南源小舍

南源小舍 浮绪

一剪梅·暮冬晨思

烟霭江南水依依。霁寒砌枝，孤梅傲堤。蓑翁竹杖欲轻桅。三五炊烟，数点檐飞。

径幽巷陌红尘徊。帘卷纤影，遥寄清思。弦断三千舞鬓丝。梦回流年，江湖共辞。

2013 年 1 月 31 日于徽州南源小舍

采桑子·南源口

峭寒渐逝芳菲起，江阔云稀。倚窗顾期，莺语燕飞杨柳丝。

汀葭浮曳隐青凫，万里晴飞。樟亭松篱，一缕清欢岁月依。

2013 年 3 月 2 日于徽州南源小舍

诗词集

瑞鹧鸪 · 新安踏春

霁雨初晴江际空，百里新安岚云东。沙鸥掠影，汀岸柳飞絮，古道遥岑隐苍松。

碧水鳞波绕孤村，野渡樟亭烟匆。扁舟渔歌晚霞，蒹葭何葳蕤、归雁慵。邀影浅醉入梦中。

2013 年 3 月 9 日于徽州南源小舍

拾翠羽 · 东风旖

十里岑山，烟雨苍茫云绮。汀柳岸、阡陌初霁。归燕衔泥，斜阳郭外。东风旖，轻剪一江春水。

庭深院空，横竹蔓藤新翠。曲栏边、幺弦舒意。松灯渌酒，明月遥寄。珠帘卷，天涯清梦浅醉。

2013 年 3 月 20 日于徽州南源小舍

绕池游·蝶梦何限

　　渐江疏影，长亭东风轻漫。瑶空碧，万里绮云卷。孤舟帆远，百里嶂叠崖断。堤柳翠染，汀渚葭遍。

　　鹂莺轻婉，小楼苍檐初燕。筠溪淙，一池幽萍浅。青郭烟晚，弦琴倚栏醉宴。蟾月缱绻，蝶梦何限？

2013 年 3 月 26 日于徽州南源小舍

花上月令·小楼三月述怀

　　小楼昨夜海棠唏。嫣红蕊，白玉肌。晓兰横斜乱疏影，暗香依。庭轩外，娇莺飞。

　　繁星点点柳风寒，独倚栏，听溪归。对影举樽邀明月，遥寄思。醉呢喃，清梦偎。

2013 年 3 月 30 日于徽州南源小舍

胜胜令·三阳燕窠叹五色杜鹃

燕窠春迟，云卷云长。古道险峻丈崖行。杜鹃横斜，红蕊繁，紫瓣央。寒阳下、巉嵯烟茫。

潭涧飞瀑，叶飘零，浣花香。野径无踪踯躅黄。片片犹怜，玉无暇，湿青裳。松影醉、柳风拂冈。

2013 年 4 月 5 日于徽州三阳镇燕窠村

竹香子·紫藤花

雨霁远岫拂晓，崖壑烟岚缥缈。一袭薄裳踱汀岸，筠溪郭外绕。

藤萝婆娑蔓了，紫穗垂、斜枝窈窕。长叶扶疏蓝几许，苍松何奈攀扰。

2013 年 4 月 15 日于徽州南源小舍

60

蝶恋花·燕筑巢

柳绿蝶舞随风去，离恨别愁，独望山叠绪。残月枯藤穿檐户，
斜影长留孤亭渡。

昨夜南风轻雷顾，梦回深处，燕子双飞妩。细荷摇曳抚玉露，
飘花醉烟寻暄煦。

2013 年 7 月 1 日晨于徽州南源小舍

摊破浣溪沙·归一

一犬一鹅一汀鸿，一楫一舟一蓑翁。一弯溪云一阁庐，一烟风。
一竹一梅一轩蕉，一琴一箫一妆慵。一壶清酒一弦影，一念空。

2013 年 10 月 4 日夜于徽州南源小舍

南源小舍 浮绪

水龙吟·早春

　　南源溪壑烟波缈，孤舟抚琴犹迢。熹微峭寒，卿风汀虬，幽篁涛旧。一渚凫雁，一点绿萼，一抹云岫。温一盏清茶，一缕时光，素安然、任一宿！

　　小楼昨夜浅读，空绮情、那堪回首。长亭怅望，新山空蒙，疏影斜扣。一池残梗，一江春水，一冬碎柳。煮一壶浊酒，一弯阑月，却醉眸、了悟骤！

2014 年 2 月 5 日晨于徽州南源小舍

诗词集

咏柳

　　煦阳徐徐疏篱扉，紫烟空浮万缕丝。
　　小楼漠漠伊人笑，修竹娉婷卧石枝。
　　岚起层峦莺娇呖，婉转低回羞弦词。
　　汀葭婆娑凫浅语，一江春水柳随堤。

2014 年 2 月 14 日于徽州南源小舍

惜春令·村居晨景

　　熹微初上闻鹊声，小窗外、煦阳南行。醉眼弥朦梦忽醒，柳风卷帘明。

　　篱院海棠馨，逸芬芳、红蕊玉樱。野蹊踱步云湿衣，桃花疏影矜。

2014 年 3 月 1 日晨于徽州南源小舍

汉宫春·瀹岭古道

　　暮春犹黯，堆云掩熹阳，碧波影洲。青衫汀栈缓踱，桃李芳丘。东风微寒，梨花落、马蹄踏惘。横斜枝、雨燕衔泥，江阔烟缈鸳游。

　　百里芸苔遍野，行人皆湿衣，阡陌情留。古道茫茫蜿蜒，杜鹃嫣羞。苍松虬岩，涧瀑飞、千年幽悠。巅亭伫、凭栏遥寄，山水一色醉休。

2014 年 3 月 8 日于徽州南源小舍

蕙兰芳引·蟾月何时有

　　烟锁江南，极远目、熹阳郭远。孤雁天际飞，江杳沉空云卷。双燕掠水，碧草萋、牧童戏远。风细翠柳斜，汀岸独行清婉。

　　浣花溪潺，竹瘦檐黛，芭蕉愁乱。蟾月何时有？长亭笙箫浮盼。残灯疏影，浅醉扶案。夜阑雨，窗外蛙声一片。

2014 年 3 月 15 日于徽州南源小舍

诗词集

二郎神·太平湖踏春

　　与友同游太平湖，有感。

　　春雨霁。煦日升、百里湖旖。遥远岫、层峦漫烟岚，堤柳飞、画舫静倚。莺语呢喃羞花蕊，芦葳蕤、野凫戏水。卷鳞波、白鹭浅掠，万千洲屿嵌星里。

　　思呓。廊亭瓯雪，松篁琴昵。九溪绕、叠嶂苍木郁，石嶙岣、寒潭深坠。水清莲碧野径幽，斜阳外、霞蒸云蔚。孤舟晚泊渡，携影归去，清梦怀起。

2014 年 3 月 22 日于徽州南源小舍

春

柳风未邀潜轩窗，雨霁芸苔犹湿衣。

南山桃李芳菲尽，渊渚寒瀑蓝鹊飞。

碧草葳蕤东流水，浦鸥掠影乱鳞矶。

遥望远岑云海幻，衡庐瘦竹静悠晖。

2014 年 3 月 29 日于徽州南源小舍

诗词集

浪淘沙令·翘英香余生

熹微峭寒，帘外雨闲，柳莺浅语云湿阡。初霁若影，纤叶繁星，拈指犹怜。

野蹊危崖间，嶙峋石磐，一日艰辛三两还。松炭无尘翘英香，余生静悠然。

2014 年 4 月 5 日于徽州南源小舍

65

朝中措·青灯烟雨妤初

山中日月如白驹，巉嵯依旧苍。桃李几度芳菲，广寒何似尘梧？
孤鹤瓯雪飞，云英湿衣，林隐岩舒。红尘那堪消瘦，青灯烟雨妤初。

2014 年 4 月 10 日于徽州金川搁船尖

粉蝶儿·残叶漫飞若梦

独上西楼，残叶漫飞若梦。风轻剪、浣溪东去。谁知流水心，
落花叹无意？断鸿尽，古道独行羁影。
帘幔舒卷，浮云年华渐杳。燕斜飞、锦书谁寄？自飘零，伤满地，
相思愁断。怅思量，罗裳轻解堪醉。

2014 年 4 月 19 日于徽州南源小舍

生活

风斜雨潺杳空远，

蛙鸣莺飞溪云嫣。

红尘砥炼几时尽？

何似邀月赴清眠。

2014年4月26日于徽州南源小舍

望云涯引·天柱山游

2014年5月1日，携叶青一家同游天柱山，后记。

甲午戊辰，壬申煦，四人策。汉武南岳，天柱大别余脉。熹微峭寒，磐石嶙岣，凌乱立。山壑危崖，溪云绕嶂隙。

素帘林涧，积潭碧，碎无谧。阶陡径崎，苍松横斜啸蓦。巅览纵山，踔厉风发，激亢绎。烟峦蘩翳，仙影缥缈无迹。

2014年5月4日于徽州南源小舍

凤孤飞·子影孤瘦

夜阑风萧雨寒，帘外蛙声近。庭深院空帘皱，独倚窗、绪难复。

一壶浊酒坎坷凑，更哪堪、残烛轻嗽。岁月如梭物依旧，奈子影孤瘦。

2014 年 4 月 26 日于徽州南源小舍

家赋桑梓

人生近不惑，鬓角白发欤。
一蓑烟孤舟，断鸿杳蓬居。
樟亭古道斜，鸭鹅碧波梳。
鸡犬绕松篱，几畦谷果蔬。

2014 年 9 月 17 日晨于徽州南源小舍

68

苏幕遮 · 早春述怀

　　骤雨寒，霁阳煦，南嶂青黛，碧水连天树。绿婀嫣红檐庭舞。鸳鸯蒹葭，筠溪层峦旅。

　　盏清欢，氲氤语，三五闲人，风雅吟琴许。径幽沾襟云归去。梧桐遥寄，疏篱醉篁赋。

2015 年 2 月 14 日午于徽州南源小舍

江南春 · 岁月

　　卿月瘦，雁南飞。
　　孑然归故里，两鬓白发依。
　　黄口不知愁滋味，犹借老翁信马骑。

2015 年 2 月 18 日于徽州南源小舍

南源小舍 浮绪

晨起新安踱步

熹微初上斜阳外，万千嫣然岚逸遐。

汀风拂筱欲湿袖，虬樱芊蕙溪掠葭。

遥寄百里青山黛，娇莺浅语蝶恋花。

湘水云天邈一色，江阔波淡柳烟纱。

2015 年 3 月 7 日于徽州南源小舍

诗 词 集

蛙声寄怀

一窗一缕柳风潜，一穹一夜蟾月明。

一溪一片蛙声闹，一院一树花香琼。

一人一枕怅无眠，一灯一影思未萦。

一琴一酒青衫醉，一砚一墨素笺卿。

2015 年 3 月 15 日于徽州南源小舍

凤衔杯·水芹几许醉红尘

百里新安层峦去，柳风舒、阡陌信步。野芹芊蕙兮，纤叶娉婷若清羽。极远目、长空煦。

溪水寒，薄裳旅。芳草萋、沙鸥浮渡。汀燕戏柳暮，一缕炊烟江郭语。醉红尘、却几许？

2015 年 3 月 30 日于徽州南源小舍

雨中花令·惊雷帘卷沧桑

疾雨寒、断续惊雷，闲愁孤亭。柳风萧瑟落叶，残花凋零芽惊。水漫汀渚，碧草芊萋，烟锁岑坪。

乱红尘、空倚轩窗，巷陌青灯。夜阑惆怅浅醉，浮生孑影飘零。帘卷沧桑，混元两忘，梦残犹醒。

2015 年 4 月 4 日于徽州南源小舍

乡归

寄篱南山，一许小舟。

岁月苍苍，天地悠悠。

浮影纡掠，其心安休。

2015 年 4 月 25 日晚于徽州南源小舍

翻香令·忆南源儿时

忆 12 岁前的儿童时光。有感，后记。

遥忆南源儿少相，司晨躁矢孩提忙。芦苇蒌、楠溪潺，山羊倚、碧草纸鸢扬。

蝴蝶翩舞筱蛛廊，繁郁苍槐木耳苍。卵石戏，凫游潜，礁上浴、一篙渡清江。

2015 年 5 月 21 日于徽州南源小舍

72

红窗月·醉花拈

　　江阔燕稀，蒿草萋、微缈溪罩。野渡泊扁舟，几缕烟纤。水天一色凭栏、遥片帆。

　　明月邀影遣清愁，多情莫堪。星疏浮云碎，梦醒无喃。斜倚栏轩惆怅、醉花拈。

2015 年 6 月 27 日于徽州南源小舍

青杏儿·倦雁归

　　西风入月秋，落叶飘零日暮流，歌台无眠旧人眸。豪迈行空，踔厉风发，黄土归休。

　　梦醒倦雁游，半山半水半分悠，一犬一犊一蓑舟。篱青堂净，枕暖儿欢，夫甚何求？

2015 年 9 月 16 日于徽州南源小舍

73

菊

落叶起舞卷千层，

把酒凭栏思万绪。

寻问村中好人家，

秋菊觅情寄何处？

2015 年 10 月 12 日于徽州南源小舍

钗头凤·大年初五

霁阳地，雾霾隐，离愁散尽惊梦外。壑云徙，高台起。古道幽峻，千里绝骑，骥，骥，骥！

残叶坠，红烛泪，蹙眉顾盼轩栏倚。夜空逝，月清酽。碧水孤舟，书涯无诲。睿，睿，睿！

2016 年 2 月 12 日于徽州南源小舍

冉冉云·暮雨思

　　细风微寒南山骤，遥天际、长空云迟。万缕随、十里汀岸漫柳，芳菲碧、层峦漫衮。

　　江水东流孤鸿瘦，虬樱凋、玉兰初秀。暮雨斜、羁旅扶桑惆怅，小楼青灯依旧。

2016 年 3 月 10 日于徽州南源小舍

甘州遍·清梦遥寄怀

　　阑未深，惆怅春夜宁，沉青灯。独上小楼，九重霄远，卿月无迹乱繁星。

　　静寥思，又一程。四十不惑半生，料峭风醒。丈天涯、叹红尘飘零。莫伶仃。孑影浅醉，清梦到天明。

2016 年 3 月 16 日于徽州南源小舍

洞仙歌·醉夜月

　　扁舟静泊，野径樟亭宿。万缕馥香漫篱簇。溪水潺、郁葱黎祁东坡，须尽欢、三杯两盏小筑。

　　今夜风料峭，独上西楼，繁星点点卿月牧。苍猊啸阡陌，三更无眠，仰天望、斑影簌簌。一阕琴箫清吟无痕，倚窗芭蕉斜，凭栏听瀑。

2016 年 3 月 20 日于徽州南源小舍

画堂春·忠堡探春

　　忠堡烟雨柳风嗔，长空低沉堆云。两岸桃李欲湿身，独钓闲人。
　　木栈凌萧飞絮零，掠清影、樟岩嶙峋。落红无物化红尘，几许芳芬。

2016 年 3 月 22 日于徽州忠堡

寰海清·玉兰

三月春暄。昨夜细雨杳,辛夷碧颜。姹紫嫣红微绽,帘外嫣然。南山筱溪潺,共海棠,数片霓裳欢。

斜阳初上纾烟。慵来妆、窗外娇莺翩跹。汀柳岸江波渺,蝶舞飞燕。娉婷婀娜疏篱间,肌若玉、一馥犹怜。独倚栏浅思,梦千里、共婵娟。

2016 年 3 月 27 日于徽州南源小舍

牡丹

初心沐晨露,娇艳欲滴香。
曦光叠霞蔚,洁白竞无央。
闲风随细柳,粉黛端霓裳。
一江烟波漾,天涯遥清妆。

2016 年 3 月 31 日于徽州南源小舍

瑶阶草·清梦蟾月何处

雨潺夜将阑，五更惊雷怒。闲愁独行，径幽碧草数。残花零落，新露欲滴，拂袖信步。水天一色堪赋。

凭栏绪，柳风轻寒，古道沧桑景如故。物是人非，仰天长啸随风去。红尘烟云，浮生莫虑。孑影遥顾，清梦蟾月何处？

2016 年 4 月 12 日于徽州南源小舍

二色莲·忆同浦时光

2011 年 10 月 7 日与吴永富合作。吴永富待我如兄弟。黄绎霖、杨静云、林青、王辉等等，一直合作到 2016 年 1 月春节。谨以此词，怀念近 5 年的情感。

辛卯丁酉，桑梓赋闲，熹起晖落。尔笺江飞，同浦惊鸿邂。林青朦眼肖兮，幺弦夜、秉烛酣酌。小楼却谱静云，桂遥暗香掠萼。

永富初若故，芳馨显德诺。肝胆情义烁。白驹过隙，经年浮沉归数。铅华洗尽惜念，悠然济、天涯莫略。隔池莲，岚烟处，绎霖阡陌。

2016 年 5 月 15 日于上海

78

家之愿

娶妻娶德不娶色，
嫁人嫁心不嫁财。
至厚至贱人无敌，
清心清欲人自哉。

2016 年 8 月 16 日于徽州南源小舍

半生自我剖析

傲过，狂过，拼搏过，
成功过，失败过，从头来过；
恨过，爱过，思考过，
辉煌过，落魄过，从头来过；
但是从来没有怕过、悔恨过！
人生就是不断经历的过程，
坚持自己的理念与梦想，
升华自己的底蕴与涵养！
苦练 72 变，
笑对 81 难！
历经磨砺，
耐得住寂寞孤独，
始能见芳华！

2016 年 9 月 17 日于徽州南源小舍

诗词集

79

佳人醉·秋菊邀月

西风萧萧峭起，小楼轩窗顾几。金丝沐烟徙，紫燕傲寒，青墨万意。孤舟斜阳外，万缕林空蔚。

红袖悴，筠溪影泪。暮秋肃飒，焦叶凌沧桑，菊蔓疏篱地。松篁里，邀月浅呓，一人饮酒独醉。

2016 年 10 月 3 日于徽州南源小舍

诗词集

撼庭竹·明月几时归

断续寒砧巷陌思，料峭风依依。梧桐叶落自零篱，羁旅独行倦天涯。长空堆云沉，断鸿东南飞。

斜竹消瘦夜将阑，一池浮萍凄。芭蕉乱窗任雨欺，薄裳孤冷卷影随。梦里醉清愁，明月几时归？

2016 年 11 月 1 日晚于徽州南源小舍

撼庭竹·明月几时有

　　断续寒砧巷陌叩，料峭风萧柳。故园飘零梧叶近，天涯独行终倦久。断鸿东南去，堆云沉远岫。

　　夜阑静寥筱竹瘦，一池浮萍皱。芭蕉乱窗听雨漏，薄裳孤冷卷影嗽。梦里醉清愁，明月几时有？

2016 年 11 月 1 日晚于徽州南源小舍

南柯子·万象社会

　　离婚有感。

　　忤寡奸势虚，醉梦名利间。岁月蹉跎风萧垣。寒砧断续南柯，空浮烟。

　　孝德忠义信，孤鹤舞清颜。时光荏苒浮生闲。银钩沧海铅华，骥行天！

2016 年 12 月 20 日于徽州南源小舍

诗词集

苍梧谣·归

归！
残叶飘零静夜啼。
月依旧，往事随风兮。

2017 年 1 月 12 日于徽州南源小舍

丁酉年正月初六有感

横斜烟溪犹自流，舒卷涛云空疾匆。
霁雪谧岫显疏影，清风明月暗浮中。
十年相依叹杳渺，一阕江湖忆鸳鸿。
人生如梦无归处，世事无常逝如风。

2017 年 2 月 2 日晚于徽州南源小舍

齐天乐·忆少年

　　尘意料峭淫雨寒，层峦叠嶂空绻。林幽莺鸣，轻雷婆娑，静默往昔思见。青石巷畔。夫耄耋慈颜，阖家清欢。一池萍菲，担尽蒹葭伊人婉。

　　百里渐江烟缈，野渡孤舟去，汀柳唱晚。徽渝鸾笺，几许姗姗，雏骥淬砺志远。宿疾弃断。三更泪湿襟，寥影残案。厄萦凄萧，毋悔韶华叹。

2017 年 2 月 14 日于徽州南源小舍

醉太平·二月天

疏香漫空，海棠娇慵。徽水横阔柳烟中，煦阳斜笼莺燕东。
耕樵晚工，野渡泊匆。小楼一夜西风，清梦与谁同？

2017 年 2 月 28 日于徽州南源小舍

诗词集

七娘子·多情东逝水

百里渐江层峦际，扁舟尽、碧波光影细。人面桃花，海棠娇旎，九溪孤村阡陌外。

一缕柳风明月醑，却道是、多情东逝水。惆怅抚琴，珠帘斜倚，莫堪静寥杳无矣。

2017 年 3 月 12 日于徽州南源小舍

华清引·蛙语寄怀

醉里挑灯柳风潜，斜卷残帘。三更无眠惆怅，孤枕空呢喃。

对影寄思逾重檐，蛙语百啭远罩。浮梦终有时，往昔如云烟。

2017 年 3 月 17 日于徽州南源小舍

步蟾宫·明月几时醉惆怅

万里长空疏云旷，一江去、几许阡巷。缓踱步、郭堤桃花开，遥远目、轻舟凭浪。

明月几时醉惆怅，繁星瀚、汀柳影杖。庭院深，燕双飞，剪东风，夜未央、青灯无恙。

2017 年 3 月 20 日于徽州南源小舍

东风寒·梨花远寄

淛江畔，有感。

一树梨花柳风飞，铺尽阶前堤。遥遥江南，万里堆云，疏萼沾衣。玉肌粉蕊三月漫，野渡醉闲溪。孤帆远寄，情在天涯，何似归期？

2017 年 3 月 28 日于徽州南源小舍

光阴

晨把一壶清茶，读半日闲书。
午可一阕舒曲，赏漫空卷云。
夜就一烛残火，吟几句弦诗！

2017 年 4 月 2 日改编自网络，于徽州南源小舍

诗词集

阳台梦·百年古道诉沧桑

沧岭闲踏，有感。

柳风拂岸，细雨愁绵乱，羁旅独行犹倦。无尽寂寥多怅惘，孤鸿晚、
古道东。
烟锁水郭葭草浅，流云缈万幻。素佼眉蹙浣花匆，青灯浊酒，
诉沧桑、浮梦空。

2017 年 4 月 15 日于徽州南源小舍

柚花飘零近黄昏有感

野渡斜阳外，戚戚葭霞怜。

黛叶掩疏篱，柚花落晚烟。

把酒幽篁里，孤影陌径边。

莫道惆怅醉，今夕是何年？

2017 年 5 月 28 日于徽州南源小舍

诗
词
集

天净沙·抒怀

一酒一琴一笺，一鹤一篁一烟，数缕疏影醉喧。

卿风邀月，浮生浅梦清欢。

2017 年 9 月 17 日于徽州南源小舍

后庭宴·相思几何问明月

十里桂香，子客归梓，一盏孤灯惆怅起。相思几何问明月，凋花无意东逝水。

小楼独上寂寂，星空浩瀚逶迤。陶菊漫篱，西风萧瑟里。阑珊莫回首，筠溪残荷碎。

2017 年 10 月 4 日于徽州南源小舍

越溪春·明月几何醉红尘

街口古道，有感。

梧桐叶落自飘零，重崖断西风。疏影凌乱幽篁檐，步野径、一溪烟蒙。岩壑嶙峋，潭涧飞瀑，浣花匆匆。

云帆远寄闲绪，斜阳隐长空。繁华落尽青灯纤纤，夜阑独引归鸿。明月几何醉红尘，千里与卿同。

2017 年 10 月 8 日晚于徽州南源小舍

88

芭蕉雨·惊雷浅醉

淫雨霏霏阡陌。倚窗听阶声、乱羁客。岑黛空蒙孤寂。风拂杨柳清瘦，水天一色。

夜阑青灯初觅。帘外芭蕉蓦。峭寒未归去、惊雷落。思无绪、莫惆怅，数盏浊酒浅醉，清梦怎忆？

2017 年 10 月 18 日于徽州南源小舍

村居

小楼剪残烛，青案书画诗。
偶得几闲人，燎香抚琴棋。
醉梦卧鹤岩，茶扉隐筠溪。
遥寄松梅间，卿月阖家熙。

2017 年 12 月 17 日于徽州南源小舍

打油诗

时速五十，路鸡飞翼。
引擎盖破，气囊弹坠。
用心良苦，数万心累。
岛上车企，国人铭记。

2017 年 12 月 30 日于徽州南源小舍

诗词集

声声慢·余归

斜阳初上，柴篱斑斓，清风斜影竹同。虬檐蕉窗，细数岁月匆匆。
雁过叠嶂脆鸣，卷溪云、罗衾轻慵。光阴杳，浮生恍若梦，一瞥惊鸿。
明月古道洒逸，温酒煮红笺，抚琴梅空。丹烟萦袅，残烛低吟醉朦。
万重繁华散尽，长箫起、鹤舞苍松。红尘坷，绪归初、世事从容。

2018 年 2 月 1 日于徽州南源小舍

今世浮生

峭寒霍霍袭桑陌，厚衾难掩苍生平。

庙堂媚愚遍庸吏，心之素初喟清征。

一池碧莲欲浣濯，独倚栏轩听雨声。

小楼昨夜醉浮世，西窗剪烛滴天明！

2018 年 2 月 14 日凌晨于徽州南源小舍

忆王孙·深夜思往昔

五更梦醒往昔潮，院深庭空夜寂寥。

孤枕浮凉心扉憔。

弦月蕉，断续寒砧随风飘。

2018 年 2 月 20 日于徽州南源小舍

醉花阴·早春

　　寒夜骤雨松窗邂，镜屏摇烛眜。惆怅醉无眠，落神香妃，伊人今何在？

　　诘晨暄霁愁绪解，红萼秀檐外。对一池初莲，瑶琴清茶，斜倚栏轩待。

2018 年 3 月 1 日于徽州南源小舍

新安

　　戚戚南山外，悠悠蓬庐纡。

　　一江陌水逝，独钓寒烟欤。

　　凭栏斜晖处，倚窗横梅居。

　　帘卷青衫瘦，几度星华初！

2018 年 3 月 8 日于徽州南源小舍

92

归一

人生苦短兮几个秋，
天高云淡兮九霄游。
白驹过隙兮叹匆兮，
一捻风逝兮俱空兮。
红尘莫恋兮笑熙攘，
诗书田园兮浮生悠。
　杳去兮，引来兮，
一元复始兮皆归一。

2018 年 3 月 16 日于徽州南源小舍

文竹静思

文竹纤细冠如茸，筱躯娉婷万缕丝。
西风料峭入寒室，数丛青青倚湖崖。
残叶飘零乱绮影，疏枝横斜凌云肌。
翘英袅绕香浮动，一盏雁灯静余期。

2018 年 3 月 23 日于徽州南源小舍

93

万年欢·天涯清思

　　暮梅未辞。鸿雁别绪去，雨燕轻归。旭阳初上，疏影横斜槐堤。三五闲人翘英，长空碧、万里云稀。忘掩门、娇莺脆呖，一抹溪云漪挥。

　　汀柳踱步缓缓，十里桃杏开，蝶衣湿偎。野渡长亭极目，天涯清思。东风舒卷鳞波，云帆尽、九曲烟飞。凭樽邀明月，筱竹笙箫静栖。

2018 年 3 月 28 日于徽州南源小舍

诗词集

三阳燕窠游记

　　小径盘山通天际，
　　断崖尽处又一村。
　　跃曦杜鹃枝映红，
　　飞涧幽泉石上湲。

2018 年 4 月 2 日于徽州南源小舍

清明

清明时节水潺流，
古兮今戚花逸樱。
疏雨风斜露欲滴，
空山林谧鸟清鸣。

2018 年 4 月 5 日于徽州南源小舍

诗词集

醉春风·一阕流年

凌晨 3 点，雨疾枕凉，残梦醒无眠……有感。

夜半残梦恙，帘外风萧怆。凄雨冷峭落花零，怅，怅，怅！衾薄枕凉，独剔青灯，羁旅何杖？

小楼空寂旷，孑影西窗上。过眼云烟卷红尘，惘，惘，惘！广寒孤寥，一阕流年，哪堪狂宕？

2018 年 4 月 18 日于徽州南源小舍

诗词集

庭院

春色满院关不住，
孤家柴扉半掩门。
应怜屐齿印苍苔，
眷恋朱颜恩天坤。

2018 年 5 月 17 日于徽州南源小舍

南歌子·呈坎记

层峦雨空蒙，清泉巷陌岚。静坊孤亭笙箫忱。虬柏丹桂翠黛，
一池荷纤。

几缕炊烟斜，筱溪村畔蒹。石径深庭蔓重檐。古道廊桥沧桑，
岁月谦谦。

2018 年 6 月 26 日于徽州呈坎

武陵春 · 新马游

2018 年 8 月 24 日至 29 日新加坡马来西亚游，有感。

狮城沧海生明月，苍虬古榕扬。金沙华绮寒门殃，汉唐随、江湖沧。
大马清真逾千年，穹阁尊礼章。云顶奢恣红尘猖，笙箫尽、梦成殇。

2018 年 8 月 29 日晨于马来西亚吉隆波

瓯雪飞 · 亲君恩

感恩田园恩师让我浪子回头，指引了我正确的人生道路。涕零终生！

感恩汤立华恩师、杨兵恩师、黄显怀恩师、张纪衡恩师、应慧玲阿姨、
任家明恩师、苏玉凤阿姨……

感恩父母和江鹰等江氏前辈！

感恩所有帮助过我的亲朋好友及师长……

瓯雪飞然茶香，垂髫意凌坤。慈母衣，严翁随，坎坷崎岖路，
舞象建工茇辛。秋蟾笼阡陌，仰天啸沧垠。瑞云舒卷，宿志洁芳，
赤忱顾望报家亲。

峭雨寒，霆雷落，酣醉番禺弃身。萱堂沉痼，田园叹、渺渺红尘。
梦醒歧途归，繁华漫过，清风依旧拂荷芬。流年浮沉，一阕明月，
师恩难忘终为君。

2018 年 9 月 17 日于徽州南源小舍

梦行云·戊戌国庆游三清山

2018 年 10 月国庆，与宝同学游三清山，途经老 205 国道，由开化乡间小道至三清山，后记。

阡道车迹罕。卿云卷、筠溪浅。江胡枫婉，鸳鸯栖汀远。三五柴扉炊烟袅，几许珍梦绻。

星夜将阑，草萋露湿，人寰行，峭阶涧。苍松怪石，岚影莫测幻。崎岖野蹊景何若，三清遥鸿雁。

2018 年 10 月 6 日于徽州南源小舍

天仙子·多情何事悲明月

小楼昨夜冷寥彻，三更秋风起萧冽。黄叶飘零愁清嗳。菊花倚，伊人撷，万缕残影红尘捻。

多情何事悲明月，哪堪呈离更戚讷。一纸素笺犹思阔。青灯乱，莫轻咽，浮生若梦道几悦？

2018 年 10 月 23 日于徽州南源小舍

鹊桥仙·牯牛降秋叹

与母亲及家人游石台牯牛降，有感。

崖壑孤危，涧峡流瀑，林幽天碧绪共。石阶行、一步却红尘，虬松横、雁掠影动。

斜阳西下，寒潭浅滩，经年风霜泉涌。蟾月明、何似有盈亏，叹浮沉、岁月佫偬。

2018 年 11 月 24 日于石台

今生

一人一犬一群鹅，
七山半水半分田。
雾隐空蒙了无痕，
明月邀影举樽怜。

2018 年 12 月 9 日于徽州南源小舍

命

名利色欲皆为空，
身健心静方乃真！
雪中送炭今罕见，
人心不古魂欲嗔！
诚信不负天下人，
奈何，奈何，奈何……

2019 年 2 月 2 日于徽州南源小舍

诗词集

爱月夜眠迟慢·石台仙寓大山村游记

2019 年 2 月 10 日与江鹰长辈、江森进长辈等族人共赴石台仙寓大山村寻觅茶叶，后记。

秋浦东流，石埭堰溪潺，富硒山游。九曲逶迤，野径崎岖，层峦巍峨方遒。藤萝丝蔓缠绕，苍松古木齐丘。洞空寥、石嶙峋，遥望仙寓烟羞。

珍禽异兽淡鲲，奇花随瑞草，瑶池慨犹。千岩万壑，林深莺鸣，潭涧孤亭峭幽。古道蜿蜒危崖，步影云幻莫堪眸。喟乎兮、数盏酒，暮雪浮生清悠。

2019 年 2 月 11 日于徽州南源小舍

诗词集

道

息忽万界，物之源。

水生山林，天之恩。

烟浮竹榻，人之本。

2019 年 3 月 3 日于徽州南源小舍

雨霖铃·野居

嶂水知旅，数缕孤烟，空淡星疏。半壶清酒，一张幺弦，三杯两盏琴浮绪。虬桂掠影狸潜，高楼风自抚。势酒狂，令缭曲绕，酣酌情癫笑苍树。

熹微林黛凝残露，袭珠帘、云笺千百度！山涧婉转迁蜓，却斑斓，醉朦犹去。莺语嘤韵，篱园妩莲、独恋几许？阖庐扶榻烟霭缈，浮生复何顾？

2019 年 3 月 19 日于徽州南源小舍

101

月上海棠·独上高楼浅赋

　　万里碧空云舒处。人徘徊、十里桃堤旅。野蹊芬芳，江流水、汀柳拂煦。莫等闲、浮生若梦空户。

　　几许惆怅明月绪，问青天、何似乘风去！凭栏邀影，西窗外、筱竹轻语。苍箫杳、独上高楼浅赋。

2019 年 3 月 24 日于徽州南源小舍

诗词集

教

　　德之为育，育何为制？
　　制而为育，育之何为？
　　唉乎谓之，人之如乎？
　　行而为之，国殃民乎！
　　叹之惜之，髻脊曲之！
　　众为制乎，悲乎思乎！
　　君子如兰，兰如斯人！

2019 年 4 月 4 日于徽州南源小舍

南源小舍 *浮绪*

夜游新安江屯溪湿地·送陈

卿本佳人，在河之洲。

晚风拂水，明月眸羞。

天涯戚戚，对影清悠！

2019 年 4 月 22 日于徽州南源小舍

杭州灵隐山游记

韬光永福，

诚之所兮。

岁月潺潺，

心之安兮。

2019 年 4 月 25 日于杭州灵隐寺

忆坡山静思

随杨兵老师坡山静思，有感。

细语翠啼丛中戏，
浅影疏斜心自清。
尊恩鸿若万重山，
孝德义信篆毕生。

2019 年 5 月 29 日于徽州坡山村

猫

醉眼蒙眬入梦来，
周公未兴难舍中。
晨曦恋悦弄疏影，
空山莺吟杳苍枫。
百花争妍香满园，
狸奴戏坎皆趣功。

2019 年 6 月 11 日于徽州南源小舍

家园

斜风细雨心依旧，

蓑翁倚墙望媪偎。

丁香百合果满园，

草堂竹篱衣沾苔。

2019 年 6 月 13 日于徽州南源小舍

归田赋

悠悠半生红尘情，疏雨斜风扉园中。

雨泞谓难来贺客，马嘶谁顾钩月东。

倏无骤有真天相，径为芭柴覆瓦蓬。

冷火寒斋酒一樽，夜抄影疏蘸松枫。

老随年度几弦瑟，愁怕烛窥鬓发翁。

闲人不管东风闹，吾心依旧卷云空。

2019 年 6 月 19 日于徽州南源小舍

致 2019 年高考

二尺三尺四五尺，
十面埋伏在险峰。
六夜七夜八九夜，
恰是一江清梦觅云踪。

2019 年 6 月 24 日于上海

游大风呈坎归家有感

柳绿花红蝶恋舞，
山重水远风自邀。
夏日荷碧满天映，
深山雾隐自逍遥。

2019 年 6 月 27 日于徽州南源小舍

红嘴蓝鹊

醉卧草堂日未升，
梦回前朝觥相衔。
鹊舞檐台戏清啼，
人生几何济云帆。

2019 年 6 月 28 日于徽州南源小舍

记发展大会

人生自古坎坷路，
痴心不改鬓发延。
守得云隐蝶恋花，
一片冰心生紫烟。

2019 年 7 月 14 日于屯溪

咏泰农赋

泰国游有感。

鬓发机机日当空，
杯碟粒粒汗中煎。
寂寂江山摇落处，
沥沥潇斜降九天。

2019 年 7 月 19 日于徽州南源小舍

水调歌头·金三角缅怀抗日民族将士

金三角游有感。

　　澜沧南流去，崖断浪淘彻。叠嶂浮过万重，今夕是何节？南国
江山如画，丛影扶疏古道，幽幽苍松郁。樯橹灰飞灭，半尊弯钩月！
　　赴异乡，抛头颅，洒热血。宁有腔云，北望中原磐石屹。长鬓
短囊苦翘，毫耋及笄相怜，朝野竟无涉。人生更犹悲，归汉奈杳绝！

2019 年 7 月 17 日于东南亚金三角

仲夏咏·父翁

曦露未开颜，
旭日临云依。
扉院满庭芳，
舍翁草径归。

2019 年 7 月 26 日于徽州南源小舍

鹤冲天·人生

人生何奈，束发恣狂在，踌躇屹天下，莫空待。身残唯志坚，鹤心飞扬豪迈，何须论得成败！浮沉跌起，自有后世定盖。

驿道断桥，零落成泥常态。相思泪已尽，更堪喟。竹杖万里独行，香如故、遥清籁。 云岑江郭邂，一任蓑衣，低吟长啸穹外。

2019 年 7 月 28 日于徽州南源小舍

晨行水口

残月犹未下，风微卷溪茫。
翠叶露沾衣，闲花零落芳。
径幽樟亭外，杳渺孤烟央。
客闲道惆怅，鸟鸣话沧桑。

2019 年 7 月 30 日于徽州南源小舍

浪淘沙令·独游平潭海云居

临礁卷云东，碧浪涛穹。石厝沧海光阴匆，载酒何处觅琴瑟，蓬莱蹑踪。

战鹰击长空，虎啸惊鸿。芳华自怜千愁封，凭栏遥望天际去，豪迈雄风。

2019 年 8 月 5 日于福建平潭岛

海云居

孤雁独摇浪千卷，

夕潮暮天沧海寰。

残烛扶风西窗剪，

浮度凭栏痴水颜。

2019 年 8 月 5 日于福建平潭岛

"利奇马" 梦游歙中有感

台风至，清梦生，有感。

秋雨夜抚藏问政，零落黄叶成沃萱。

百世经师出孔庙，学达性天理徽恩，

程朱文德承紫阳，道脉薪传显三元！

东风蟾月满西楼，弥庭芬芳渐江坤。

2019 年 8 月 17 日于徽州南源小舍

111

永遇乐·武义晨归徽州

　　星沉长河，白鹿行云，寂夜如邃。莺歌燕舞，滚滚红尘，却是镜月逝。楼高卿去，夜半孤眠，黯然白发喟唏。心无痕，隐隐帘影，陌人悸动欲梓。

　　往来熙攘，沧澜新安，一叶扁舟轻旖。骤雨临窗，西园烟淡，漠漠山叠际。世如风逝，汉主洪武，绝迹天涯雄起。仰天啸，鹏承豪迈，起兮万里！

2019 年 8 月 29 日于徽州南源小舍

观童世平长辈书法有感

　　　　泼墨挥毫九天惊，
　　　　铁笔银钩呼欲征。
　　　　淡泊权势弃名利，
　　　　把酒明月啸苍生！

2019 年 8 月 31 日于上海

醉赋文武徽州行

感谢文武兄为了歙县中学公益的真诚无偿帮助。

清风伴影踏歌行，明月邀醉径石蕉。
剑胆琴心出问政，叱咤风云闯华潮。
雄志方寸壮文武，长空万里凌重霄。
等闲莫负韶华去，樽前一笑自逍遥。

2019 年 9 月 5 日晚于徽州南源小舍

虞美人·乙亥年中秋

夜半寂寂怎个冽？蓦然不惑窃。白发渐生泪沾衣，梦醒时分、孤雁空留期。

单骑乘月欲归彻，阑珊化无物。西风又起垂柳思，亭沉影疏、对酒长已兮。

2019 年 9 月 13 日凌晨无眠，于徽州南源小舍

行香子 · 黄高峰篁岭伴友游且叹金陵

曲径通幽，林深山斜，曼珠沙华犹惊嗟。浮世熙攘，若水自流。惜叹往事，水中月，镜中花。

天高云淡，檐沧空涯，流年瑶杉斜阳纱。素人心静，处子芳华。酌半壶酒，一生缘，情几遐。

2019 年 9 月 15 日晚于徽州南源小舍

凤箫吟 · 九月十七日

1977 年 9 月 17 日，为阴历八月初五，丁巳年（蛇年），己酉月，丁丑日。生辰，有感。

冷夜寥，卷寒袭身，月挂星汉掠江。山峭寂无眠，三更徐音，霜降云裳。凭窗远山孤，松影扶曳遥空长。醉朦上西楼，穿霄静心未央。

喟相，九月十七，熹微梧桐归来芳。浮生携梭行，外傅志踟蹰，红尘恣狂。束发惊雷崩，故人无情巷陌跄。啸苍天，搏引几何，如斯亦慷！

2019 年 9 月 17 日凌晨 4 点于徽州南源小舍

114

甘草子·九月廿七

江翊仕生日，有感。

道绪。九月廿七，紫气东临处。蓼烟漫秋许，翊仕江胡予。

经年华笙卷寥顾。天未老、沧海情伫。唯君杖陌砺襟羽，鸿鹤
青天赴。

2019 年 9 月 27 日于徽州南源小舍

然

青庐煮酒论豪迈，
是非成败皆成空。
书剑情仇已不惑，
浮梁一梦惜鸳鸿。

2019 年 9 月 30 日晚于徽州南源小舍

诗词集

仲秋之国庆

蕉拍西窗闻秋雨，
花落零泥凭栏萦。
水寒雾縠起空蒙，
酒残梦酣啸苍生。

2019 年 10 月 1 日于徽州南源小舍

秋夜月·倦思

月残星悴。西风起，一人饮酒独醉。闻长箫、古音瑟瑟天已邃。
万千绪、斜眼朦，蕉叶零乱影累。空叹怜心往事。

缈缈烟起。叠嶂隐云霄，犹若别愁洗。仗剑浪迹天涯，千里单骑。
银钩蔓随，痴堪胡情矣。鱼沉清沙，倦鸟晚起。

2019 年 10 月 3 日于歙县晚大华新村

满庭芳·酒蔓秋夜

清夜无痕，片楫栖泊，三杯两盏悠闲。秋风徐徐，碧波卷千颜。倚栏凝目惆怅，梦千寻、缱绻犹怜。筝声至，鬓乱山隐，杳杳醉云欢。

淡烟。归不去，竹影翩跹，拂水流弦。光清浅，绿凫更戏菰妍。那堪今生晚来，莫须在、岁月嫣然。月如钩，桂虬笺旧，邀酒惹无眠。

2019 年 10 月 5 日晚于歙县大华新村

安公子·浮檐问禅平生

携王洪胜、童杰等徽州研学游记，有感。

漫漫径遥绪。长斜更栏紫阳语，问政叠嶂巷陌旅，文圣明伦序！东逝水、唐模逸然情几许？乱三国、龙溪阴阳踞。月沉冷香疏，青花郎醉葭舞。

风流道千古。细雨飘零萧瑟顾，万里逶迤萦烟霭，佛心道骨悟！崖嶙峋、淙琤碧潭寻龙渡。焦叶落、幺弦惊飞鹭。山涧话沧桑，浮檐问禅虬树。

2019 年 10 月 13 日晚于徽州大华新村

渔家傲·寸丁凌乱浮香缕

小鱼干酱，有感。

清风霏雨烟波处，笠冠蓑袂，孤舟遥江树。水天一色飞白鹭，
泊野渡，细细炊烟袅柴户。

九曲潺溪斜阳去，云蒸霞蔚，老妪捣砧具。葱姜椒蒜丹桂晤，
夜将顾，寸丁凌乱浮香缕。

2019 年 10 月 17 日于徽州南源小舍

唐多令·菊隐

片叶落知秋，菊隐若篱羞。韶华去、石径尽潇幽。问尘世、风
情万种，柳随风、上西楼。

残荷倚浅流，斜阳锁江洲。雁南归、云烟几数惆。皆无言、栏
窗剪烛，借月夜、梦中眸。

2019 年 10 月 25 日晨于徽州南源小舍

118

海云居之晨观沧海

涛卷千层凭栏意，

麒麟观海守云开。

天高云淡绝飞尽，

浮生若梦醉蓬莱。

2019 年 10 月 31 日晨于平潭岛

海云居之听潮

涛卷声袭撩人醉，星绮云淡寻天初。

浅酌宫弦任飞烟，夜落听潮锁窗舒。

西风掠影嗟白隙，凭栏私语道熹好。

凌空长啸何自在？扶缈逍遥海云居！

2019 年 11 月 1 日五更于平潭岛

南京至上海高铁之遥赋徽州山水

水清石径流，

漠漠了无音。

鱼潜乱疏影，

熹桂遥寄心。

2019 年 11 月 10 日于高铁

应天长·竹君

夜雨细绵，疏叶飘零，竹曳萧瑟梦杳。山朦扁舟愁眠，漠漠卷云峭。渔枫霜，北风绕。却西窗、犹闻莺笑。转浮搓，蒹葭惊摇，鱼潜烟缈。

熹微隐远峰，层峦叠嶂，君情堪浅道。数片秋梧入栏，古筝空袭廖。怅苍茫，浮生扰，漫将杖、襟怀砺教。引韶华，一蓑百年，意随性了。

2019 年 11 月 13 日于徽州南源小舍

120

暗香·兰缈

凌晨与庐州同事夜聊，有感。

江南枫兴，独醉卧西楼，更阑意醒。千里清秋，杳渺对空寂华冷。半笺疾书闲语，芭蕉曳、轻掠初景。且怪时、梭穿星汉，幽兰蔓浮影。

孤行，一舟静，闲叟钓月夜，凭窗烛秉。广寒邀听，玄女幺弦绮绪滢。捣伐点疏万里，疏香馨、韶华犹幸。梦百回、寻归迹，何处堪定？

2019 年 11 月 16 日于徽州南源小舍

疏影·梅逸

烟蔓衡庐，风寒夜未眠，疏影梅缕。扉绪无痕，莫道惆怅清恋。古道漫漫骥行天，长空寄、筱蕉凭栏。至熹微、银钩欲滴，暗香浮掠醉缱。

往昔浅喟江胡，别离那堪远，多情犹返。残阳横斜，葭霞碧波，轻帆扁舟泊岸。但教谁家弄笙箫，锁意萦、巷陌悠婉。卷帘帏、沁袭皎洁，清梦遥怜星汉。

2019 年 11 月 19 日于徽州南源小舍

叹之薛

井蛙不可语于海，夏虫不可语于冰！
万象入世诚无愧，云烟萦绕掩本徵。
何惧坎夫伤诽谤，清风明月映赤肱！
了复白发少年狂，一人一狗一青灯！

弃之，释怀，坦然！

2019 年 12 月 8 日于南京

本性本心

孤骑绝古道，
慧剑仗修襟。
孝德显忠义，
碧血照丹心！

2019 年 12 月 12 日于徽州南源小舍

归

岁寒阖庐拂阡陌，篱外残枝上初阳。

空谷幽泉戏疏影，瘦竹孤松遥清音。

九曲逍渚映江梧，一缕轻烟拈衣襟。

风雨苍茫莫归醉，半分溪林弦生愒。

2019 年 12 月 15 日于徽州南源小舍

满江红·栖隐

西窗掩开，残花落、虬树尽彩。寒意浓、黄叶漫舞，罗衾莫解。
四十名利家和情，九万里路风与海。莫徘徊、虚浮度光阴，自轻慨。

香浸夜，情若待。烟波渺，一舟邂。三五点渔火，数盏酒迈。
长笛清扬邀明月，古筝缥缈堪天籁。卷帘外、绮影长空寄，云鸿再。

2019 年 12 月 19 日于徽州南源小舍

南源小舍 浮绪

海云居匾

童世平长辈题词，有感。

青灯孤眠寮前行，却因浊酒恋尘妤。
杳梦苍茫归何处，西风残阳拂蓬庐。
林深径幽东流水，庐隐烟浮缈弦纡。
独钓寒江秋月夜，帘乱醉卧海云居。

2019 年 12 月 25 日于徽州南源小舍

诗词集

行香子·生活

冰雨寒垠，阡陌氤氲。青箫啸、将酒拈文。熙攘功名，万里尘分。
蓦然回首，叶飘零，却黄昏。

月沉梦醒，纤眸嫣然，溪清浅、疏梅弄罄。何去来兮，三五闲人，
一壶浊酒，数根弦，卷霁云。

2019 年 12 月 26 日于徽州南源小舍

玉蝴蝶·忆

盏灯醉引孑影，风峭西窗，孤夜寂斯。江阔苇舞，烟波浩渺依稀。陌初阳、霜衾梧叶，月未去、暗香浮帏。花落几。长亭古道，孤鸿南飞。

忆兮。云笺遥寄，香茵絮里，空寻何期。韶华已逝，三清梦里依稀。疏横斜、素手难执，残烛尽、青箫乱词。对镜痴。朱颜依旧，梦断凄凄。

2019 年 12 月 28 日于歙县大华新村

酹江月·冬日述怀

熹微初上，疾雨寒、紫梦萦锁岚嶂。烟笼浩渺漫九野，柳断蕉黄竹漾。高楼离歌，西窗弦箫，吟岁月逝往。径幽溪潺，凋花碾落酣畅！

仰天犹笑红尘，浮生若梦，独洗铅华相。星汉空寥暗香遥，浅醉呢喃莫怅。夜澜茫茫，小舟残烛，一蓑解狂想。曼珠沙华，仗剑策马疏旷！

2020 年 1 月 7 日于徽州南源小舍

125

凤归云·归兮

斜倚栏，古道愁思遥无期。烟霭山黛，迢渺万千斯。凋荷衰草，青苔蔓檐，水清石径漪。杳深幽鸣雁归，琼苞疏动，长亭小楫偎兮。

数点星辰，戚戚空冷，素简惘怅，冷盏残影，明月如钩、卷帘低。一袭青衫，三绺长髯，独醉人莫徊。犹叹经年浮沉，生死相依，心归若梦共谁？

2020 年 1 月 21 日于徽州南源小舍

清平乐·贺新年

亥别子暨，疏雨风细细。郭外小庐松篁里，几许疏梅旖旎。

笑功名、叹成败，繁花落尽莫馁。半壶酒、绮影醉，一阕笙箫初始。

2020 年 1 月 25 日于徽州南源小舍

南源小舍 浮绪

庚子清居

南山幽竹拂疏篱，
古道长亭醉蓑翁。
瑶筝纤云落无痕，
长箫清梦栖梧桐。

2020 年 2 月 2 日于徽州南源小舍

天净沙·清梦浮生

清风疏梅松痴，明月幽竹兰怡，小楫渔火汀栖。
一梦如斯，浮生悠悠戚期。

2020 年 2 月 3 日晚于徽州南源小舍

127

江城子·春雨寒

　　百里徽水烟云生，西风惊、叶飘零。玉纤卷帘，垂髫声萦萦。煮茶抚筝香浮动，蓼汀外、白鹭征。

　　草庐盏酒醉眼呈，疏梅馨、筱亭宁。孤枕披襟，红笺掠青灯。江胡勿忘已三更，梦无痕、滴阶明。

2020 年 2 月 6 日于徽州南源小舍

南乡子·病焉

　　烟波绕残垣，斜阳初上笼陌阡。山峭岁月了无际，谁叹？沧海桑田解愚贤。

　　一梦醉千年，陆月飘雪昊穹湣。回首潇潇天涯路，心寒？数点残泪啸尘艰！

2020 年 2 月 7 日修改于徽州南源小舍

128

忆秦娥·睁瞑空逝

悼念无私的医生,有感。

寒风怂,阡陌沧桑雪漫砌。明月酽,弹指随去,渡尽尘泪!

云箫哀断昊穹里,古道长亭遥鹤唳。莫堪醉,一帘残梦,睁瞑空逝!

2020 年 2 月 7 日于徽州南源小舍

庚子元宵醉赋

南源溪云漠篱栅,
野渡孤舟寥踪痕。
浮沉几何烟岚了,
蟾影醉酒戏红尘。

2020 年 2 月 8 日晚于徽州南源小舍

采桑子·清梦

清梦，有感。

五更忽醒烟雨寒，梦回廿时，邈邈若伊。子衿葭思疏桐兮，蝶舞燕双飞。

那堪经年风霜摧，落叶萧萧，残花凄凄。物是人非疤依旧，一任浮梦窥。

2020 年 2 月 11 日于徽州南源小舍

诗词集

踏莎行·遥寄相思

风拂汀岸，微波江缈。水长碧连天、孤烟袅。宿露沾衣，陌上纤纤草。绿凫潜撩，远渡杳杳。

古道墨亭，苍松翠筱。潇雨散何处、斜阳照。寒梅疏影，萝藤绕篱早。伊人天涯，相思勿了。

2020 年 2 月 14 日晨于徽州南源小舍

130

玉漏迟·浮世

峭寒夜雨茫，薄衾难掩，谁家无奈。红尘熙攘，功名利禄惘殆。渊淳性善几何，吏呆教、媚上愚芥！万千喟。断垣败瓦，苍生泪湃！

倚栏轩滴苔檐，抚筝思碧莲，濯缨沧海。素笺残墨，书尽浮生怅慨。孤舟长箫清茶，松篁隐、一缕悠籁。柳汀邂。梦醉流年尘外。

2020 年 2 月 15 日午于徽州南源小舍

醉蓬莱·咏竹志

漫雪，有感。

暮雪浮修枝，万顷松篁，断续倥偬。秀逸随空，峭寒残叶从。繁华漫过，流年斑驳，君洁卓不冗。东波居竹，鲁直怀归，余笙醉诵。

一抹溪云，罗裳独瘦，浅语嫣然，半阕吟弄。层峦烟缈，蕉篱沧檐共。清风掠影，径幽迹远，襟阔虚怀重。板桥画隐，司农蓑烟，红尘若梦。

2020 年 2 月 16 日于徽州南源小舍

131

家赋双亲

噩梦惊醒，忽闻翁亲断续咳嗽，有感。

五更噩梦醒，南窗卷寒帏。
帘外寂茫茫，断续咳几几。
孑然归桑梓，高堂逾古稀。
怅忆昔岁月，潸泪湿襟衣。

2020 年 2 月 17 日凌晨于徽州南源小舍

相见欢·岁痕

寒阳万里清霜，顾轩窗，碧波无痕烟朦、湿云裳。
倚风栏，沐氤氲，忆沧桑，红尘消瘦惆怅、夜未央。

2020 年 2 月 18 日于徽州南源小舍

南乡子·晨雾新安

　　熹微云岫游，山黛径幽莺婉悠。雾锁烟漫，红萼绿蕉，筠丘，清风十里暗香浮。

　　寒渡泊孤舟，江阔水渺汀柳遒。凫潜霞蔚，疏影横斜，愁休，低吟浅语遥清眸。

2020 年 2 月 20 日于徽州南源小舍

深院月·鱼刺

夜难寐，人犹怜。
鱼刺入喉如杵坚。
寒鸦声声星空远，
残烛凄凄潸天明！

2020 年 2 月 21 日于徽州南源小舍

二月二

理发，有感。

二月二日龙抬头，煦阳晴晚万里熹。

草萋林深雀莺啼，江阔汀缈凫雁漪。

红萼横斜西窗外，疏影斑驳长空辞。

无奈孤枕夜难寐，且把闲愁剪青丝。

2020 年 2 月 23 日于徽州南源小舍

卜算子·春夜静思

且居问政南，寂寂星汉渺。青灯未眠思明月，一任岁无迹。

天涯思戚戚，飞鸿遥觅觅。唯愿卿意有灵犀，莫凭栏、若双翼。

2020 年 2 月 26 日晚于徽州南源小舍

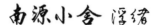

江神子·昆裔庸

血脉之情终究败于人心，有感。

烟雨紫阳徽水闲，次翁迁，居新安。千年鸿儒，栖舍白丁潺。
一阕卿月述明志，学五车，性秉谦。

韶华易逝鬒发先，往昔艰，坎坷怜。心眼蔽蒙，回首莫堪言！
酣醉无眠泪满襟，昆裔庸，浮梦残！

2020 年 2 月 28 日晚于徽州南源小舍

水调歌头·浮生梦皆空

忧愁，身外之物起睚眦，一夜无眠，有感。

帘卷西风寒，峭雨乱苍崖。径幽院空寂寥，桂蟾几时阶？择容
颜蔽本初，才疏智浅眼蒙，孑然桑梓埋。凭窗意戚嗟，浮醉愁无怀！

宗嗣愚，泪满襟，叹乎哉！性善秉谦，世事坎坷转何来？别江
湖隐衡庐，远白丁近鸿儒，唯愿阖家谐！一阕繁华尽，梦醒浮生苔！

2020 年 2 月 29 日凌晨于徽州南源小舍

135

南源小舍 浮绪

咏墨兰

自律，有感。

> 拂晓清影入幽径，层峦烟云隐莺碲。
> 数丛琼枝倚磐石，几许紫茎遥玉笋。
> 兰蕊若蛟乘莲台，十里馨香漫岚堤。
> 隽洁娴雅清风缕，淡泊红尘谦君兮。

2020 年 3 月 1 日于徽州南源小舍

小重山·孤行

> 一缕寒风入筱园。忽闻鹊嘤声、苍檐间。迷蒙醉眼薄裳怜。南窗外，层黛染、白鹭翩。
>
> 数盏欧雪欢。高堂鬓发白、龄年闲。坎坷不惑意怅卷。前路坎，过重山、独蹒跚。

2020 年 3 月 2 日于徽州南源小舍

婆罗门引·新安怀绪

　　独上小楼，熹绪无言遥岑颜。一江澹澹浮烟。梅溪幽兰芊蕙，蒲草何葳怜。浅瀑虬石流，影乱波闲。

　　纤柳拂阡，圃畦沉、已湿园。疏梅半掩松扉，海棠初欢。龄年低吟，重慈书、落墨倾素笺。香几缕、一阕悠然。

2020 年 3 月 3 日于徽州南源小舍

蟾月醉思

　　蟾月无暇笼阡陌，星空浩瀚遥鸿程。

　　筠篱柴扉静思量，万千闲绪涌心生。

　　柳风拂檐寥寒漠，独倚轩窗听溪声。

　　三更无眠醉眼朦，一盏青灯到天明。

2020 年 3 月 6 日凌晨于徽州南源小舍

踏春抒怀一

林居岚云鹤笙杳，江渺烟雨扁舟行。
蒹葭葳蕤溪水潺，汀柳娉婷山花迎。
峭岩嶙峋虬樱郁，娇莺呢喃白鹭征。
瓯雪悠然樟亭外，远寄千里闻箫声。

2020 年 3 月 8 日晨于徽州南源小舍

春声碎·惊雷逸怀

料峭西风啸，淫雨悬泻阡陌。芭蕉叶残，瘦竹乱檐，一抹溪云迹。
顾远岫，烟霭漫峦壑，江水蒙、共一色。

夜阑惊雷雳。虬樱横斜怅怅。小楼暮寒，窗外茫无涯、青灯觅。
莫凭策，三杯两盏独醉，待明朝、静思忆。

2020 年 3 月 8 日晚于徽州南源小舍

中兴乐·打猪草

　　淫雨渐微柳风寒，岑岭翠黛空漫。万里堆云，芸苔金颜。古樟斑驳万千，长亭边。石涧飞瀑，珠玑浮散，筱竹垂残。

　　独倚黎杖碧草渚。细铲丝箩荠怜。步浅眼乱，芊花翩跹。遥望层峦嫣然，且休闲。筠溪漫堤，扁舟晚归，红尘清欢。

2020 年 3 月 9 日下午于徽州南源小舍

扑蝴蝶·南源初春

　　雨霁微晴，阡陌芬芳地。牧童低吟，乌犍碧草戏。筱竹汀柳乱风，丝絮细蒙扑面，筠溪尽处瀑邃。

　　缓踱憩，古樟斑驳，莺雀百啭呖。驹留空谷，万里舒云旖。江阔烟淡轻舟，极目水天一色，遥寄天涯沉醉。

2020 年 3 月 10 日于徽州南源小舍

139

山亭柳·明月几时有清梦

　　江南春嘉，径幽蝶恋花。岑山黛，汀柳槎。百里江阔波卷，燕莺飞剪云纱。横篙独钓轻歌，东风遥退。

　　明月几时有清梦，多情若水自飘耶。思几许，忆蒹葭。青天浅醉空觅，一缕炊烟天涯。广寒鹤笙杳渺，余生怜嗟。

2020 年 3 月 11 日晚于徽州南源小舍

诗词集

两同心·青灯寄

　　断鸿晚去，垂杨细细。远疏云、南山茫茫，碧草芊、辛夷飘绮。野径幽、玉露沾衣，一溪旖旎。

　　燕衔水蝶恋蕊，东风渐起。斜阳外、扁舟孤泊，倦客归、卿月怀寄。青灯摇，对影浅醉，清梦徐始。

2020 年 3 月 12 日于徽州南源小舍

洞天春·水口探春

溪潺蒿碧芊渡，山幽莺呖浅旅。晴空万里剪飞絮，堤柳乱风去。
野径古藤苍树，长尾蓝鹊轻舞。闲踱石瀑，筱竹摇影，清欢几许。

2020 年 3 月 13 日于徽州南源小舍

庚子二月二十往返徽沪有感

几许闲意来清事，松亭苍鹤长空辞。
云卷云舒了无迹，花开花落皆有时。
自古多情邀明月，哪堪秋风伤别离。
一觉睡尽千年梦，万丈红尘归湮斯。

2020 年 3 月 14 日晨于徽州南源小舍

141

念奴娇·庚子二月二十徽沪往返有感

初春轻寒，庭深夜将阑，残烛尽宿。极目远瀑溪云生，山蒙波漪水皱。煦阳初上，小窗顾盼，万里长空衮。烟雨徽州，薄衾何奈寒又。

千年浮梦渐醒，物是人非，八股政依旧。明月未邀惆怅笑，野火不绝犹复。一江滚滚，浊沙东去，叠涛啸汀柳。遥寄红尘，独倚栏轩期近。

2020 年 3 月 15 日晚于徽州南源小舍

长相思·春夜

汀柳风，烟雨中。江阔涛卷忆江东，草长娇莺慵。
星夜鸿，庭院桐。三更峭寒月当空，清梦醉无踪。

2020 年 3 月 16 日晨于徽州南源小舍

少年游·鸣蛙浅醉啸红尘

　　鸣蛙浅醉啸红尘，静夜寥、柳含嗔。云鸿掠崖，一溪残萍，几许明月鼙。

　　东风轻潜遥万里，繁星乱、犹无垠。青灯摇影，半壶浊酒，空院邀伊人。

2020 年 3 月 18 日凌晨于徽州南源小舍

二色宫桃·桃花思

　　熹微残醉蕉亭晚，南山幽、蓝鹊嘤啭。清梦朦醒慵来妆，小轩窗、桃花缱绻。

　　一江绮思卷柳岸。莫凭栏、浅语轻婉。十里芳菲溪云生，微风拂、蝶舞燕剪。

2020 年 3 月 20 日于徽州南源小舍

凤楼春·浮世静欢

　　小楼明月前，东风细寒。吾人闲，三更伏案弄素笺。繁星乱，疏影斑。汀蛙凭溪唱红尘，几许蒹葭间。

　　熹微先，碧草萋芊。南山幽幽，兰蕙竹雅，十里翠柳含烟，大江东去，轻帆长空尽纾颜。一壶清茶，浮世静欢。

2020 年 3 月 21 日晨于徽州南源小舍

拂霓裳·醉玉兰

　　青鸾颜。一树繁花紫裳芊。熹晖外，束束玉肌若犹怜。丹晕浮莲瓣，横斜影斑园。柳风闲，浅嘤语、三五娇莺欢。

　　白驹过隙，宛流沙、水潺潺。倚湖石，幺弦低吟夜将阑。琉璃燎沉香，浅醉锁云烟。辛夷嫣，碧樽尽、蝶梦逸千年。

2020 年 3 月 24 日于徽州南源小舍

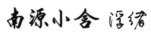

后庭花·海棠

梦里乾坤无日月，一朝忽彻。繁苞横斜自郁悦，绮思莺撷。
檐雨滴阶明、三五孑孑，芳馥虬屹。一溪烟云衡庐没，郭外窈窈。

2020 年 3 月 26 日于徽州南源小舍

一斛珠·牡丹

帘外雨霁，院空庭深苍檐邃。松篱瘦竹牡丹绮，粉骨玉肌，雍雅若旖旎。

疏瓣横斜露欲坠，柳风轻拂淡香憩。吕祖遥寄洛阳意，广寒清唱，独上小楼醉。

2020 年 3 月 27 日于徽州南源小舍

遏方怨·与谁同

庭深深，院空空。一池碧萍生，卿兰欲相逢。天涯陌路倦旅踪，愁断孑影醉，掠孤鸿。

夜漫漫，雨淙淙。经年苍茫，莫奈落花已凋匆，逝水无情浮梦中。广寒鹤笙遥，与谁同？

2020年3月28日凌晨于徽州南源小舍

诗词集

欧波缈·浮生梦醒夜未央

浅醉，有感。

风萧萧，雨沧沧。且莫道，落花飘零有意，奈何逝水空相。万里孤鸿，肛肠断天涯、怅难忘。樟亭外、欧波缈，相思陌路别离殇。

夜沉沉，心惶惶。小楼青灯独倚，红尘乱、薄裳凉。蛙声一片孑影，语尽百年生死两茫茫。杯盏浅醉邀桂娥，那堪明月大江彷。浮生梦醒夜未央。

2020年3月29日凌晨于徽州南源小舍

146

古香慢·明月几时有

离婚，有感。

冷冷戚戚，萧萧瑟瑟，丝丝缕缕。海棠清瘦，那堪峭寒春暮。天涯倦客归，却道是、廿年羁旅。残花漫坠化和泥，一缕芳魂何处？

雨茫茫、往昔万绪。红尘沧桑，别离数数。薄酒闲愁，醉眼朦睹烛去。明月几时有？且莫问、浮梁梦苦。夜难眠，犹何如、相逢陌路。

2020 年 3 月 30 日于徽州南源小舍

春愁

檐外疾雨寒，筠溪烟云生。
闲愁卧孤亭，惊雷乱梦卿。
孤影意阑珊，浅醉拂箫筝。
沉香漫夜阑，蛙声语天明。

2020 年 3 月 31 日于徽州南源小舍

147

诗词集

雨夜

梦醒三更孤枕凉，东风料峭檐雨倾。

明月远遁夜苍茫，独上小楼听蛙声。

偶得寒鸦破空寂，杯盏难消万愁萦。

莫道天涯陌路倦，青灯摇影到天明。

2020 年 4 月 1 日于徽州南源小舍

相见欢·一曲红尘清梦

飞花簌簌幽馨，明月行。小楼三更风潜、剔纱灯。

繁星瀚，正思量，云鸿声。一曲红尘清梦、醉余生。

2020 年 4 月 2 日于徽州南源小舍

南源小舍 浮绪

花上月令·莫问明月几时圆

杏花落尽自飘零，人物非，又一程。几许芳魂何处归？红尘汀。青山黛，衡庐明。

一杆钓尽溪云生，柳风细，梨花馨。借问明月几时圆？云鸿声。邀好影，星汉行。

2020 年 4 月 3 日凌晨于婺源龙凤湖山庄

诗词集

且坐令·却道风月夜

汀柳处，残花满地舞。小楼空寂人已去，几许天涯语？落叶碾尽，韶颜独瘦，倥偬羁旅。

烟云淡、一江斜暮，古道尽、三五户。莫问明月几时愫？碧樽邀、蟾影赴。浮生万绪犹彻悟，却道清梦顾。

2020 年 4 月 4 日晚于徽州南源小舍

咏杜鹃花

峰峦叠嶂无日月，野径崎岖杂木横。

闲人未见筠溪濑，遥闻寒涧飞瀑声。

千岩万壑石嶙峋，数丛杜鹃枝疏迎。

巍峨尽处无踪迹，姹紫嫣红柳风矜。

2020 年 4 月 5 日午于徽州金川乡搁船尖

珠帘卷·梦悠悠

夜空蒙，月如钩，独上小楼凝眸。沉云堆积欲坠，孤星了何休？

蛙声一片浅醉，羁旅倥偬遣愁。红尘几许潇湘，珠帘卷，梦悠悠。

2020 年 4 月 5 日晚于徽州南源小舍

150

甘州遍·上饶大鄣山卧龙谷浅游

忆 4 月 3 日上饶大鄣山卧龙谷浅游。

青龙醉，飞瀑九重天，独静欢。溪水轰鸣，遥杳寻迹，寒潭籁籁杜鹃嫣。

云意懒，苍木蟠，野径危崖峭涧，洞壑岁月环。松亭绕、磐石万般。鸿鹄弦，声尽无痕，沧桑漫云巅。

2020 年 4 月 6 日晚于徽州南源小舍

醉思仙·搁船尖回醉无眠

忆 4 月 5 日金川搁船尖浅游，三更梦醒，有感。

飞瀑倾，云溪绕峭崖，磐石峥嵘。青山黛玉颜，杜鹃芳馨。虬松横，苍亭危，倦旅缓独行。古道瘦，斜阳落，郭外人家炊灯。

小碟犹未上，三杯两盏醉卿，独倚小轩窗，夜寂掠莺。明月影，庭院空，慨往昔、何堪零。浮梦醒，莫思量，蛙声浅语平生。

2020 年 4 月 7 日晚于徽州南源小舍

木梨硔偶得

携友浅游木梨硔，有感。

坐看天地外，倚亭云起时。

虬松斜幽径，飞瀑落断崖。

月上孤峰远，舍残恋巅遗。

洞深锁荏苒，风清了无期。

2020 年 4 月 8 日于休宁木梨硔

春思无眠

明月暗香，渝岭浅踏，有感。

檵木丝万缕，半山亭孤怜。

水长帆远影，林深鸟空弦。

古道风清瘦，野蹊花自妍。

夜阑邀明月，蛙语醉无眠。

2020 年 4 月 8 日凌晨于徽州南源小舍

东坡引·醉扶嗔明月

别离相思苦，卷帘吟喃语。残花满地独倚户，疏篱绕青蔓。

柳燕新飞，碧草陌路。长空尽、天涯无际。孤舟夜泊东逝水，醉扶嗔明月。

2020 年 4 月 8 日于徽州南源小舍

瀹岭静思

浣花自飘零，寒泉石上倾。

云起鸟无迹，独坐人莫惊。

林幽蛙声远，夜阑清梦萦。

一阙广寒曲，红尘了浮生。

2020 年 4 月 9 日于徽州南源小舍

越江吟·犹未见

　　万千白驹岁月杳，空扰。浅醉挑灯落了。清怀少，明月窈窕，奈何缈！

　　更无迹、红尘料峭，夜旷廖。昊穹沧桑浅道：人生潦，坎坷莫恼，万般笑。

2020 年 4 月 13 日于徽州南源小舍

诗词集

明月逐人来·却道浮萍去

短暂人生有悟：得之我幸，失之我命，无欲则刚……

　　庭深院邃，蛙声伏起。夜茫茫、繁星几几。寥无归处，明月正山外，羁旅独行堪醉。

　　万事犹寄，欲始心生缘逝。百年匆、光阴杳止。期许何量？却道浮萍矣。芥子红尘空耳。

2020 年 4 月 14 日五更于徽州南源小舍

匆匆

熹微踱步有感。红尘几许过客，匆匆犹叹匆匆……

芥子须弥红尘乱，长袖善舞犹匆匆。
几许期若浮梦沉，了无终迹却匆匆。
无欲则刚忍乃济，遥寄元始正匆匆。
且叹且叹且堪醉，奈何奈何奈匆匆！

2020 年 4 月 15 日于徽州南源小舍

拔棹子 · 羁影独行莫惜醉

忆 2020 年 4 月 13 日与胡博文博士于太平汤家庄一行，晚归浅醉，有感。

斜阳外，幽林里，鹿角杜鹃碧涧倚。青檐苍、筱溪云绮。崖亭望、百尺素帘寒潭碎。

翘英浮香闲客憩，半卷残书浣花水。红尘砺、清欢旖旎。静月夜、羁影独行莫惜醉！

2020 年 4 月 16 日于徽州南源小舍

155

诗词集

清梦

曼珠沙华开彼岸，
三生石倚任红尘。
一念随风潜入夜，
奈何落花清梦臻。

2020 年 4 月 17 日于徽州南源小舍

醉太平·夜怅慨

风斜雨细，孤灯浅起。无言凭栏惆怅呓，一池浮萍碎。

尊慈白发憔悴里，已不惑、余无恣。龄年莫知愁滋味，峭寒独自醉。

2020 年 4 月 18 日晨于徽州南源小舍

友

红尘几许，功名利禄，浮梁一梦罢了……

毋以财富择来往，莫道文采定去留。

鸿儒白丁又何妨？唯以性情论方遒。

弹琴复啸松篁里，三杯两盏栏轩眸。

九千飞瀑寒潭碎，十里长亭遥春秋。

　　一壶浊酒浅醉，邀明月。

　　明月清影疏狂，余生悠。

2020 年 4 月 18 日晚于徽州南源小舍

梦玉人引·莫问光阴是何物

雨夜红尘，几许光阴悠……

三更独倚，夜依旧，情已绝。帘外雨潺，复眠那堪梦折。苍檐滴阶，又道是、经年恨犹灭。夜茫萧籁，闲愁何处彻？

篱疏庭寥，毋思量、残花柳风撷。熹微凌乱，崖危林幽云轶。往昔逝水，残泪空天猎。独钓一江悠，莫问光阴是何物？

2020 年 4 月 19 日于徽州南源小舍

战

2020 年 4 月 20 日 15：00，空调不制热，还强制性收费，怒战不合格工程。

疯兮堆云压阡陌，
狂兮叠涛啸长空。
怒兮疾雷震九霄，
战兮撼斗破苍穹！

2020 年 4 月 20 日于徽州屯溪

道

一化二三万物初，
四分阴阳八卦机。
道法自然五行绕，
混沌虚无九元归。

2020 年 4 月 21 日晨于徽州南源小舍

淡然

疏花残月几许醉，戚风斜雨孤鸿飞。

繁华漫落红尘尽，细水光阴烟云晖。

梦沉萧籁红颜瘦，叶凋飘零羁影依。

百年生死犹茫茫，天涯何似一念归？

2020 年 4 月 22 日晨于徽州南源小舍

品令·素心若简

夜将晓梦晚，庭院空、小帘卷。一溪怅望，谁人伴行、红尘渡岸？经年烟云缥缈，素心若简。

细雨初倦，花斜飞、漫君愿。风戚长空，西窗烛尽、几何轻叹？逸志天涯，薄笺遥寄明月。

2020 年 4 月 23 日晨于徽州南源小舍

暮春雨后

青山烟雨蒙，碧水潋滟中。

深巷苍檐里，古道东风同。

柳絮凌乱去，晓燕偷闲空。

春夜莫思量，酣醉绮梦匆。

2020 年 4 月 24 日晨于徽州南源小舍

浮生

孤舟独钓落晖外，几许红尘烟雨遐。

流水飞花光阴逝，浮名闲客云鸿嗟。

庭深院幽栏轩静，一池初萍翘英嘉。

杯盏浅醉听蛙声，明月浮影剔灯纱。

2020 年 4 月 24 日于徽州南源小舍

天仙子·莫堪醉

醉眼蒙眬忆平生，嗟叹……

往昔回首如烟逝，风挼浮尘万千细。清欢几许留人间？梦中呓。千帆水，一叶孤舟沧海里。

遥望天涯犹无际，岁月沉香应堪砺。明月几度圆缺时？鸳鸿意。余生耳，云裳缥缈莫堪醉！

2020 年 4 月 25 日晨于苏州

诗词集

望远行·白际

4 月 29 日游白际，有感。

红尘几许卿梦晨，日月过无痕。天涯独行叹烟坤，筱溪绕孤村。

千嶂嶙，万壑峋，长空瑶碧碎云。古道寒涧漫花芬，细风轻剪掠黄昏。旖旎夜芳影，缱绻醉红尘。

2020 年 4 月 30 日于徽州屯溪

解佩令·谁人伴我红尘笑

光阴事非，一元始道。花依旧、小楼燕少。庭深院寂，谁人伴我红尘笑？浮梦醒、惆怅杳杳。

咫尺天涯，绪随风缈。星汉遥、断续蛙叫。青灯闲愁，素笺湿、几许夜晓？莫思量、那堪纠缭！

2020 年 5 月 1 日凌晨于徽州南源小舍

诗词集

望江南·朱顶红

昨夜残雨，有感。

长空远，十里江茫茫。柳莺轻语斜飞檐，东风细细潜入窗。院静犹无扬。

黛叶悠，玉茎醉倚桑。朱顶含苞欲湿衣，余香浮疏慵来妆。几许蓬庐芳。

2020 年 5 月 2 日晨于徽州南源小舍

南源小舍 浮绪

月季

柳燕斜语疏篱扉，
云英浣花娇犹芳。
一抹羞颜香浮逸，
芳卿浅醉乱霓裳。

2020 年 5 月 3 日晨于徽州南源小舍

金银花

小楼昨夜残雨寒，柳风柔柔欲沾衣。
青丝闲蔓绕筠篱，蒂粉初白湿柴扉。
浮花清馥逸庭栏，一缕暗香潜轩帏。
红尘几许影相随？疏蕊鸳鸯映斜晖。

2020 年 5 月 4 日晨于徽州南源小舍

诗词集

行香子·摸螺蛳

细风煦晨，长空碎云。野径斜、筠溪孤村。飞瀑清潭，竦石嶙峋。归燕呢喃，碧草萋，逸芳芬。

十里汀柳，烟波清粼。螺蛳慵、三五闲人。楠芽莫去，何似无痕？一壶浊酒，幺弦起，醉红尘。

2020 年 5 月 4 日午于徽州南源小舍

乌夜碲·浮梦休

人微情逝路陌，凋花离殇残秋。云溪碧淙忘孤愁，红尘乱，泪空流！

夜阑灯摇影重，小楼惆怅沉忧。箇盏醉笺寄明月，莫思量，浮梦休！

2020 年 5 月 5 日晨于徽州南源小舍

归自谣·潇疏雨

潇疏雨，残花飘零醉庭圊。莫道明月悲寒府。
三千相思断几缕？空倚户。桂娥子去殇期数！

2020 年 5 月 5 日晚于徽州南源小舍

殿前欢·烟波醉斯

杳无期，蝶梦凄戚莫堪回。冷月寒影空廊掠，星寥疏稀。
光阴渡天涯，相思东风破，别断愁尽锁。何似飘零？烟波醉斯。

2020 年 5 月 6 日晨于徽州南源小舍

松梢月·青衫谁忆

红尘万绪，情断怅离愁，一池浮萍。阡陌苍茫，残花满地飘零。大江东去相思泪，遥明月、断续蛙鸣。夜阑幽怀，巷陌深，羁客缓独行。

灯火阑珊处，梦醒是非休，天涯孤亭。小楼独酌，东风消瘦醉笙。诉不尽无际怆惋，叹往昔、旧影浮呈。青衫谁忆？莫悲戚，任平生。

2020 年 5 月 7 日凌晨于徽州南源小舍

诗词集

临江仙引·平生了却风掠竹

汀岸，拂柳，乱疏影，溪水潺。孤舟野渡寄闲。凭栏遥江际，万里碧云嫣。白鹭斜飞，归燕娉剪，蝶舞戏翩跹。

平生了却风掠竹，一弯冷月阑珊。小楼长空望，西窗剪青颜。点点繁星欲醉，漠漠独倚淡然。

2020 年 5 月 8 日晨于徽州南源小舍

166

南源小舍 浮绪

步月·影相随

江畔一日，有感。

　　柳莺轻语，晓燕初飞，烟雨人家依稀。云英疏风，落花欲湿衣。斜阳外、芳草连天，砚墨香、似水流思！怎莫道、幺弦寄怀，悠悠忘何期。

　　戚兮。卷珠帘，卿月映长空，无言痴随。时光荏苒，青山更萋萋。犹怜处、过往闲愁，凭栏意、浅醉扶栖。影相随，一阕笙箫余生偎。

2020 年 5 月 10 日晨于徽州南源小舍

诗词集

望云间·素心清欢

散步，即将西藏行，有感。

　　古道独行，初燕斜飞，三五烟郭人家。长空碧云遥，万里卷纱。淡烟疏雨翠杨，细风鳞波抚葭。似水流年尽，研醉墨痕，时光远遐。

　　白驹过隙，灯火依旧，物旧人非韶华。烟柳深巷苍檐，梦浮生梦耶。红尘聚散无常，冷月几许天涯？小窗凝眸，浅笑嫣然，素心犹嗟。

2020 年 5 月 10 日晨于徽州南源小舍

喟平生

斜雨落，残花零，有感。

半卷残书杯盏茶，

柳莺疏篱庭院筝。

落叶飞花东逝水，

一壶浊酒喟平生。

2020 年 5 月 14 日于合肥

一雨念生

细雨，忆合肥行，有感。

一池初萍一叶碧，一院残花一地惊。

一阙红尘一弦断，一缕东风一念生。

一枕孤凉一梦戚，一盏青灯一影行。

一袭素帘一雨寒，一檐愁滴一阶明。

2020 年 5 月 15 日晨于徽州南源小舍

采莲令·但凭醉寄清梦

　　烟雨蒙，飞花杳寒馨。苍巷幽、红尘阒静。垂杨拂柳燕轻语，廊空却独醒。斑驳处、流年无言，风过窗楹，檐滴阶明孤兴。

　　一江碧水，百年沧桑叹浮冗。蹉跎去、疏影谁共？鳞波残痕，野渡泊、斜枝乱几横？正应是、逢君未央，相思愁断，但凭醉寄清梦。

2020 年 5 月 16 日晨于徽州南源小舍

红尘

白驹浮梦兮怅天涯，
功名利禄兮卷红尘。
戚风萧籁兮东逝水，
无欲而为兮犹道垠。

2020 年 5 月 17 日晨于苏州

南源小舍 浮绪

隐

晨起踱步新安江，有感。

松溪绕孤舍，筱泉觅淙幽。
百尺素帘卷，寒潭碎无休。
一缕幺弦断，谁怜纱灯愁？
清风过明月，蝶梦邀邃眸。

2020 年 5 月 18 日于徽州南源小舍

渡江云·悠兮

万里卿云舒，大江东去，汀柳万缕堤。长空了无际，水天一色，
扁舟对岑辞。青衫羽扇，斜阳外、几弯松溪？野渡栖、逸叟独钓，
古道漪风随。

悠兮。阡陌犬吠，青郭烟袅，飞花自芳菲。幺弦吟、轩栏遍倚，
星汉绮思。霓裳轻舞碧樽尽，乱重影、素帘依偎。梦回处、小楼紫
燕初归。

2020 年 5 月 19 日于徽州南源小舍

170

眼儿媚·百合遥寄明月

百合含烟柳随风，玉茎倚疏桐。云英湿衣，粉蕊蝶斑，芊蕙溪东。

落晖西下尽芳菲，庭院漫馥中。青灯对影，数点繁星，一缕思慵。

2020 年 5 月 20 日于徽州南源小舍

梦江南·无言上西楼

惆怅起，莫道离别休。悲凉自古伤烟云，残烛浮影那堪眸？无言上西楼。

借疏栏，杯酒泪空流。戚戚一夜细雨寒，青灯素笺独遣愁。独钓一江舟。

2020 年 5 月 21 日晨于徽州南源小舍

彩凤飞·错相依

柳风斜雨溪云生，蛙鸣莺碎筠溪潺。

碧岑戚，小楼空，落花东逝水。夜将阑、素心薄泪笺纸。错相依，断天涯、人海苍茫，更堪归、晓风疏雨桑梓。

但往矣，无际离别孤愁，衡庐余生始。烟波里、轻舟乱影独钓。径幽处、溪云生，轩廊独倚。一壶浊酒醉、清梦杳起。

2020年5月22日晨于徽州南源小舍

百合

晨踱归舍，百合娇羞欲滴……

远岑烟雨醉苍茫，柳风呓喃潜筱楼。
百合纤妍斜数重，云英羞婉掩绮眸。
万点疏蕊蝶翩跹，十里芳馨燕闲悠。
一江碧水轻帆过，笙墨谁共几春秋？

2020年5月23日晨于徽州南源小舍

梅花引·石榴花逸莫怜思

大江去，闲旅渡，一叶扁舟遥清绪。碧草萋，云湿衣。筠溪孤村，榴花隐檐祠。

长空无际芳菲顾，松扉疏掩斜阳趣。独怜思，莫怜思。飞星几何？浊酒醉归期。

2020 年 5 月 24 日于徽州南源小舍

望海潮·新安江山居

百曲东流，峭崖重涧，泛棹浩渺碧澜。晓燕低掠，柳莺轻喃，三五芳蝶翩跹。十里孤村瑶烟，纤娥独浣纱，松溪淙潺。疏篱修竹，垂髫欢颜闲椿萱。

长空云舒穷天。飞花自飘摇，一池幽莲。斜阳郭外，青灯院空，醺酒对影庭轩。几许笙箫怜？浅吟舞霓裳，繁星无眠。倚醉素笺遣寄，绮梦若嫣然。

2020 年 5 月 25 日晨于徽州南源小舍

雨霖铃·今宵醉

一夜细雨潺，有感。

阑夜未彻。烟茫雨潺，小楼微没。薄裳难耐轻寒，帘卷西窗，落花无物。斜竹怜意独倚，流莺喃清阒。沉几许、细风偷潜，庭深院空滴蕉叶。

华亭羁旅廿生帖。堪回首、归桑浮生阔。天涯红尘怅望，莫凭栏、一江孤筏。流年嗟叹，十里杷香，檐苍榴鬝。今宵醉、梦湿云笺，谁共与卿悦？

2020年5月26日晨于徽州南源小舍

望仙门·寄相逢

西藏行前，浮世沧桑，人心无常，有感。

一江烟雨断孤鸿，叹怅匆。素衣轻踱云随风，寄相逢。

孤帆杳影尽，漠漠苍亭薇风。醉忆初见寥夜空，缭梦中。天涯几许同？

2020年5月27日于晨于徽州南源小舍

定西番·冰川醉流年

长空万里云卷，峭崖断，叠嶂蜓。冰川数重沧桑，慨峨然！
游鹰杳影穹碧，几许雪溪前？烟雨绮梦雅山，醉流年！

2020 年 5 月 30 日于西藏山南

长生乐·雅江清源

忆昨日桑耶寺、羊卓雍措、雅鲁藏布江。

熹微缓踱漫自闲，转轮意舒安。冈底斯憩，极目万重峦。四月
经幡风马，浮生静笺。桑耶寄怀，磬钟沧桑喃清源。

雅江逶迤，云卷冰磐。苍猊长啸倚栏。叹几许、羊卓碧穹天。
漫沙骤雨阡陌，巍廓残虹咽！

2020 年 5 月 31 日晨于西藏山南

175

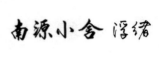

小重山·昆布岗雪山

忆 5 月 31 日雪山行，海拔 5020 米。

千丈昆布百曲弯，残道倚危崖、数重关。巍峨霄岭漫冰川，碧空外，哲湖清、雪溪潺。

远陌孤村寒，虬棘掠沧桑、万物艰。劲草潜生莫堪芊，思几许，但无言、意嗟慨！

2020 年 6 月 1 日晨于西藏错那勒布沟

行香子·波拉雪山勒布沟

忆 5 月 31 日波拉雪山、勒布沟行。

巍峨宽垠，冰雪无尘。波拉磅礴犹未真。磐溪清淙，素草碧茵。碎花点点，寄长空，逸千犟。

峭崖寒涧，峰峦叠嶂，嶙石缱绻漫氤氲。千尺飞瀑，杜鹃芳芬。孤道百弯重，勒布几何，藏绮黄山。

2020 年 6 月 2 日晨于西藏山南

诗
词
集

梦行云·勒布沟至山南

忆6月1日勒布沟至山南之沿途。

峭壑危岭断，氤氲幻，虬松乱。野径逶迤，涧瀑苍穹贯。万里荒原尽黛嶂，江南犹怜羡。

波拉巍峨，拿日恬婉，银装随，意缱绻。亚堆扎拉，云卷碧空远。赞宫凭崖苍鹰悠，千年红尘叹！

2020年6月3日晨于西藏拉萨

一朴

一朴印章有感。

云中鹤杳拂袖去，
一朴沧桑独行道。
法空三千红尘逝，
一溪云生清梦悠。

2020年6月3日晚于西藏拉萨

177

芭蕉雨·念青唐古拉山—纳木措

忆 6 月 2 日之行。

巍峨断鸿难越，孤骑千里行、却无物。念青唐古漫雪，蜿蜒羁旅蹒跚，顾影昂屹。

层巅极目远阔，一缕禅心澈。纳木碧穹天、东风拂。鸥斜掠、剪微澜，飞霾瑟瑟猝然，云崖寄月。

2020 年 6 月 6 日晨于徽州南源小舍

天下乐·春泥作

西藏山南错那捐教育物资，有感。

万里逶迤冰山过，碧湖杳、慨廓大！卷云闲舒游鹰贺，风掠草、牛羊卧。

羁旅行、簌簌遥错那，长空休、怎堪破？梦里几回喃謦课，蜡炬尽、春泥作。

2020 年 6 月 8 日晨于徽州南源小舍

青玉案·平潭东庠

鳞波映蓝碧穹浅，海天一色济帆远，长空万里疏云绻。浮屿闲渡，怜鸥掠影，清怡任悠叹。

孤舟兴尽斜阳晚，莫凭道、涛卷落霞遍。百年沧桑拍岸乱，喃语无尽，痴醉犹狂，笙箫逸沉婉。

2020 年 6 月 12 日于福建平潭岛海云居

惜奴娇·夏雨

淫雨绵远，凭栏遥远岭。又一程、大江波憬。野渡轻舟，蝶双舞、绪千行。伫静，湘妃倚、临水寄影。

汀舍烟袅，径幽荷香蕉兴。青灯起、谁共浅茗？帘外斜潺，断不绝、闲思劲。独省，苍檐下、绻燕何幸？

2020 年 6 月 22 日于徽州南源小舍

端午寄思

一江烟云遥天际，野径萧风乱汀松。

落花不解清思泪，流水难觅孤影踪。

芭蕉夜雨人独瘦，筱竹疏篱窗几重？

莫道岁月堪回首，奈何白发寄相逢！

2020 年 6 月 23 日于徽州南源小舍

雨思

一溪烟云绕孤村，数缕碧荷浣娇颜。

巷陌深深深几许？石径悠悠悠万般。

青灯疏酒倚轩倦，小楼静漠听雨潸。

且欲乘鹤赴瑶池，奈何卿梦落人间。

2020 年 6 月 25 日于徽州南源小舍

180

点绛唇·残樽引醉

暗殇几许，淫雨斜飞落花憔悴。野径逶迤、一江东逝水。

闲思孤愁，青灯乱影怅起。莫凭意，残樽引醉，伊人浮梦里。

2020 年 6 月 26 日于徽州南源小舍

杏花天·雨霁落花人独瘦

雨霁落花人独瘦，撩疏帘、斜阳飞袖。碧荷欲泪蕉叶漏，长亭过、
云裳依旧。

红尘漠漠孑影皱，怅孤旅、天涯寄就。扶风何似晚来骤？今夜
残醉无宿。

2020 年 6 月 27 日凌晨于徽州南源小舍

诗词集

醉思仙·梦里何似安期

千山迤，大江东流去，极目倚思。叹繁华几许，浮空终随。烟云起，汀荷乱，疏风拂斜晖。怅天涯，一盏清茶尽，红尘熙熙。

小楼残烛悴，羁旅闲愁徘徊。雨骤珠帘卷，对影依稀？飞花泪，云笺湿，忆流年、呢喃茫迷。长夜漫，犹堪醉，梦里何似安期？

2020 年 6 月 28 日晨于徽州南源小舍

双双燕·相思共谁遥寄

新安江畔晨蹀，有感。

银蛇骤舞，惊雷暝空落，夜雨漫洗。苍檐滴明，初霁烟云廓外。一溪碧荷斜倚，清风拂、筠蕉露坠。玉茎大丽蕊艳，绿苔飘香藤绮。

旖旎，远岑叠翠。幽径无踪迹，犹闻莺媚。大江东去，鳞波疏影燕昵。长亭极目凭意，扁舟尽、红尘往矣！十里汀柳蝶戏，相思共谁遥寄？

2020 年 6 月 28 日晚于徽州南源小舍

孤雁儿·红尘且醉

梅雨不尽早暮事，骤风起、飞花泪。长空堆云欲摧城，落叶萧萧谁寄？一汀幽萍，孤鹭斜掠，横溪轻狂逸恣。

庭深院空乱满地，筱竹倚、芭蕉坠。帘卷愁潺锁重窗，漫天闲愁犹累。孑影几许，残烛憔悴，诉慨怅、红尘且醉！

2020 年 6 月 29 日晚于徽州南源小舍

戚

残花轻舞东逝水，晓燕潜飞欲湿衣。

相思愁尽幺弦断，烟雨风斜柳絮挥。

山水一程繁华落，无可奈何红尘唏。

暗夜苍茫谁人叹？浅唱幽梦几许归？

2020 年 7 月 1 日晨于徽州南源小舍

怅

斜阳青廊外，
烟波随处萦。
千年浮沉渡，
谁共天涯行？

2020 年 7 月 1 日晚于徽州南源小舍

满江红·犹堪可

小院雨霁，有感。

溪水清潺，煦阳下、老牛闲卧。南山外、牧童嬉戏，孤舍无锁。紫燕斜飞剪长空，大江东去扁舟过。景独好、思几许悠闲，叹巧作。

小窗开，谁共我？帘间风，拂梳裹。一池碧荷摇，懒猫倚坐。芭蕉轻坠晚雨泪，筱竹无意掩婉鲜。月初上、浅醉笙箫起，犹堪可。

2020 年 7 月 2 日晨于徽州南源小舍

184

思越人·薄酒难消往事

　　夜茫茫,雨潺潺,残烛泪湿素笺。小窗独倚风偷潜,却道离别经年。

　　落叶飞花乱满地，沧径瘦亭孤骑。浮梦飘零孑影醉，薄酒难消往事。

2020 年 7 月 2 日晚于徽州南源小舍

雨月

夜雨初歇花满地，
汀荷独斜风堪撩。
残云犹怜出明月，
疏影遥寄抚笙箫。

2020 年 7 月 3 日晚于徽州南源小舍

185

贺熙朝·把酒堪醉

东窗未白月西砌，落花憔悴，沉梦堪碎。白驹逝水，繁华漫逝。闲思愁起，幺弦却止。

谁叹惆怅莫嘘唏，恨远犹未见，蒙眼万年矣。一阕梵音洗，红尘烟云，把酒堪醉。

2020 年 7 月 5 日凌晨于上海

献衷心·盏泪空流

三更夜无眠，窗外茫茫。犹未见，枕无痕。明月醉几何？天外浮云。情缱绻，思悠悠，无时分。

疏雨漠，碧荷晨，孤鸿崖际长空闻。落花东逝水，盏泪空嗔。江郭外，院无尘，已黄昏。

2020 年 7 月 6 日晨于徽州南源小舍

徽州梅雨

淫雨缠绵天殇泣。
烟渚苍茫怅愁嗟。
渐江涛澜东流卷，
犹戚残垣百姓家！

2020 年 7 月 7 日晨于徽州南源残舍

相见欢·问青天

长夜漫漫雨渊，愁如煎。奈何烛断风萧、人蹒跚。
大江涛，峭山漫，问青天。归期无绪相见、泪戚颜！

2020 年 7 月 10 日晚于徽州南源残舍

夜

多少兴亡事，

江山依旧绮。

漫漫长夜泪，

心落知何期？

2020 年 7 月 12 日三更于徽州南源残舍

战国群雄

偶读《战国策》，有感。

愤俗杀一兮皆为罪，

黩武宰万兮枭中雄。

战乱屠尽兮几兆身？

流芳百世兮千古帝。

2020 年 7 月 13 日午于徽州南源残舍

遏方怨·泽后戚

渐江漫，徽州怆。苍天醉中倾，新安坝前量。无花果落杜鹃殇，满地零乱心戚凉！

情已逝，思杳茫。淫雨霏霏恣，残垣漠漠殃。寒风萧籁孑影跄，长夜独醒泣何方？

2020 年 7 月 15 日凌晨于徽州南源残舍

一落索·横笛声缈人独醉

廿年羁旅愁离绪，帘外乱梅雨。檐下紫燕双双飞，对梳影、鬓损许。

残烛无言小楼暮，奈何阑珊虑。横笛声缈人独醉，闲梦醒、听檐语。

2020 年 7 月 15 日晚于上海

诗
词
集

夏雨

碧荷斜绮蜻蜓立，
烟雨澹澹筏舟归。
芭蕉欲坠红尘泪，
筱风偷潜篱院霏。

2020 年 7 月 17 日午于徽州南源残舍

撼庭秋·几许孤醉

流年浮生杳寄，落拓红尘里。山水无期，天涯望断，那堪憔悴？
夜雨萧萧，筱院黯殇，几许孤醉？怅小楼凄漠，残烛乱影，一
行潸泪。

2020 年 7 月 18 日晚于徽州南源残舍

190

家

素帘难掩芭蕉泪，小池闲深碧莲蕤。

东风无意烟柳乱，横箫不渡汀岸随。

羁旅撷花怅红尘，孤舟泛酒醉天涯。

凭栏愁绪谁人怜？一曲离歌浮梦痴。

2020 年 7 月 19 日晚于徽州南源残舍

看花回·明月何时归

长空云黯断崖徨，野径凄怆。沙溪斜伴庐舍缈，残烛坠、那堪愁忘。大江东逝水，共与谁行？

枯荣经年弹指央，一地花殇。王朝兴亡多少事，青山依、燕去檐凉。明月何时归？窗外茫茫。

2020 年 7 月 23 日晚于徽州南源残舍

191

苏幕遮·烟非烟

读《明史》，有感！

　　烟非烟，雾非雾，花殇小楼，燕去怅离绪。漠漠孤远归羁旅，乡音未改，桑梓无觅处！

　　风非风，雨非雨，叶乱长亭，水逝叹愁苦。漫漫黯夜悲柴户，苍天肠断，凄泪化几缕？

2020 年 7 月 26 日晨于徽州南源残舍

别怨·把盏听檐阶

　　雨骤雷摧，乱苍穹、电闪萦回。一池落花殇，漫卷残帘小窗推。更叹凄户知谁哀？

　　世事短如梦，烛犹在、斜影倚呆。西楼独上，年华几度徘徊。把盏听檐阶，今宵尽、醉何哉？

2020 年 7 月 26 日三更于徽州南源残舍

拜星月·今夜谁共醉

熹微无痕，清风拂起，凌霄轻语榴坠。懒猫闲卧，落花殇满地。极目舒，云深、水长无穷觅处，汀荷暗香独绮。碧空退远，几许天公意？

渡亭中、杯盏清茶寄，轻舟过、蓑翁独钓矣。疏雨撩弄芳翠，苔痕犹堪洗。拱桥边、波卷疏影里，炊烟袅、牧童老牛倚。栏干曲、一抹钩月，今夜谁共醉？

2020 年 7 月 27 日晚于徽州南源残舍

梧叶儿·与谁同欢

晓梦醒，五更寒，花落怅阑珊。陌上细雨蒙，一溪烟水漫。遥目寄层峦，叹不尽、愁绪诸般。

野径曲，蝶燕安，孤舟泊重滩。独倚长亭外，残醉思纾宽。笙箫曲轻弹，纤月斜、与谁同欢？

2020 年 7 月 28 日晚于徽州南源残舍

望月

一阕阑珊曲，
把酒弦月期。
幽荷摇疏影，
杯盏寄相思。

2020 年 7 月 28 日晚于徽州南源残舍

红尘

和援藏教育张和老师，有感。

烟云漠漠孤涯路，
风雨潇潇重帆来。
几许残烛羁客影，
那堪浊酒红尘偎？

2020 年 7 月 31 日晨于徽州南源残舍

百态之社会

菩提无树红尘客，

明镜非台巷陌深。

浮梦堪醉终需尽，

幽荷自清孤芳箴。

2020 年 8 月 2 日晨于徽州南源残舍

思越人·往昔空叹云烟

子影，望月，思爱情，有感。

柳燕飞，芳草幽，一池浮萍犹怜。奈何落花流水去，往昔空叹云烟。天涯孤旅几憔悴，把酒明月遥寄。相思愁魂何处醉，倚崖无梦殇泪。

2020 年 8 月 2 日晚于徽州南源残舍

诗词集

夜游宫·村居葭思

日落西山廓细，江水流、疏影旖旎。蓑翁独钓长亭外，青石桥，牧童归，炊烟起。

一抹月初上，清风过、翠荷戏水。十里汀柳笙箫地，一壶酒，三五人，葭思寄。

2020 年 8 月 3 日晚于徽州南源残舍

凤凰阁·清梦几缕

亢炎痕漫，颓叶乱径小户，孑影憔悴驼愁苦。更与水逝长恨，落花零舞。残阳外、一斜孤树。

蟾月暇圆，帘卷云淡风抚，疏星杯盏喃遥睹。山无际、夜朦胧，相思重数。池莲绮、清梦几缕？

2020 年 8 月 5 日晨于徽州南源残舍

思

熙熙攘攘之偶得。

柳风斜晖空巷陌，
落叶残花漫衣襟。
红颜易老惜君怜，
芳华刹那明月心。

2020 年 8 月 5 日深夜于徽州南源残舍

青玉案·君之思兮

小庐深深碎云淡，那堪绮绪泛潋滟？更予倾心烛影掩。风卷西帘，君之思兮，踟蹰烦纤染。

长夜未央月玄统，溪烟生、几缕残梦憾？书有颜玉私语梵。浮水东逝，无言相忘，素娥祄期念？

2020 年 8 月 5 日晨于徽州南源残舍

197

立秋

松溪漠漠磐水逝，
西风萧萧焦叶征。
凌霄花蔓筱篱乱，
丁香醉绮蟾月明。

2020 年 8 月 7 日晨于徽州南源残舍

宜男草·蓬蒿笑复

书中自有颜如玉，西风籁、孤舟笙曲。烟云杳、连天断涯无际，
芳草零、烟渚小筑。

满阶梧叶斜月憾，疏星淡、丁香余馥。浊酒倾、帘卷残烛阑珊，
妇轻屑、蓬蒿笑复。

2020 年 8 月 7 日晚于徽州南源残舍

城头月·天涯叹方寸

孤枕，无眠，有感。

繁星几点残月尽，青山寄远恨。烟雨苍茫，十里柳堤，风过碧草遁。
扁舟杳去惆怅隐，孤鸿何处问？落花无语，逝水东流，天涯叹
方寸。

2020 年 8 月 9 日晨于徽州南源残舍

怅思

漫漫长夜尽，
残月西江清。
怅思醉无寐，
一抹溪云生。

2020 年 8 月 10 日晨于徽州南源残舍

烟雨孑思

歙县街口镇三港村偶得。

大江东去断崖，黄昏几度何期？
烟雨长亭独倚，筱风古道横枝。
沉院残花飘零，小楼孑影孤词。
人面不知归处，相思无尽谁知？

2020 年 8 月 12 日晚于徽州

诗词集

荷华媚·明月何时洽

游万二村，有感。

歇伏西风飒。鳞波起、一池绮荷纤怯。斜阳燕双归，云卷天淡，古道逸影踏。

片花掩、柳蝉无觅处，羁客杳孤闻，溪庐矜纳。零叶乱、小楫泊，青灯浊酒，明月何时洽？

2020 年 8 月 13 日晨于徽州南源残舍

南源小舍 浮绪

如梦令·思量

观邓楚润长辈、孙进长辈书法有感。

天涯浪迹惆怅，一阕红尘清忘。碧山几数重，飞花落叶何相？
思量，思量。阑醉星淡疏旷。

2020 年 8 月 15 日凌晨于上海

诗词集

品令·衿期难禁

安徽乡贤短聚，有感！

残梦醉天晓，疏云卷、长空了。池幽荷零思绮，径斜风细轻杳。
乡音未改，廿年华亭青廓绕。
那堪归绡，斜阳落、远影小。叶落满地知秋，孤崖倚断烟缭。
衿期难潜，怅去星淡空少。

2020 年 8 月 16 日晚于上海

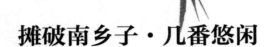

摊破南乡子·几番悠闲

新安江踱步，有感。

流年弹指间，廿年过、孤影长潸。帘卷星疏青灯尽，残梦晓白，院里花落，谁怅依还？

天涯遥尘颜，雁断清秋寄南山。风掠芦斜烟云生，半壶浊酒，一张弦琴，几番悠闲！

2020 年 8 月 18 日晨于徽州南源残舍

看花回·院沉思归

南山筠溪晨踱，有感。

南山溪潺白鹭飞，残梦熹微。孤帆远去秋风起，烟波卷、独行江畿。长亭野渡外，素娥浣衣。

凌霄花蔓疏篱晖，筠蕉松扉。小池径幽碧荷绮，翘英香、扶栏凭几。一阙笙箫醉，院沉思归。

2020 年 8 月 20 日晨于徽州南源残舍

醉红尘

应同济及乡贤之情，有感。

沈园黄昏后，
孤鸿掠影来。
几缕秋风袭，
杯盏红尘偎。

2020 年 8 月 21 日晚于上海

蝶恋花·相思绮梦共谁赴

斜阳，阵雨，小聚，有感。

碧空云卷天涯路，秋风轻起，飞花几许渡？三千红尘华亭暮，细雨无意斜阳遇。

蕉院孤影柴扉疏，松篁独倚，葭芦卧白鹭。一壶浊酒长亭树，相思绮梦共谁赴？

2020 年 8 月 22 日午于上海浦东

剔银灯·卿梦谁悦

　　大江东去悠阔，残阳西斜霞蔚。野渡孤舟，渔樵晚归，秋风掠、飞花落叶。断崖巍屹，炊烟袅、一弯钩月。

　　笙箫曲绕未阕，星疏淡、院沉闲窈。青灯浮影，小池荷绮，轩窗外、栏亭空猎。帘卷樽彻，醉良辰、卿梦谁悦？

2020 年 8 月 23 日晚于徽州南源残舍

梦玉人引·谁人共

　　兰夜未央，溪水凉，画眉吟。小楼惊梦，帘外断续清砧。园漫丁香，秋风籁、蕉叶飘沉。十里花落，径幽枫林深。

　　蝶舞双飞，碧波起、长亭独临。大江东去，轻帆一阕流音。天涯寄相逢，红尘泪湿襟。谁人共？更月斜、几番孤斟。

2020 年 8 月 25 日晚于徽州南源残舍

思远人·素笺寄翼幸

　　孤舟一阙雁飞曲，蝶舞乱清影。疏雨潺潺落，筱亭独望，几处悲秋哽？

　　山外残舍更夜静，帘卷袭烛冷。西风萧萧零，浊酒凭栏，素笺寄翼幸！

2020 年 8 月 26 日晚于徽州南源残舍

蝶恋花·瑶琴欲弹思几许

　　彩蝶翩跹芳草处，东风悠拂，长亭憩闲旅。大江东流峭崖去，一片轻帆破万阻。

　　疏雨浅恋飞花绪，霏烟轻漫，云袖卷秋暑。凌霄湿倚柳莺语，瑶琴缱弹思几许？

2020 年 8 月 27 日晨于徽州南源残舍

高阳台·醉天涯

　　廿年羁旅，三千里路，恰似一江东流。层染叠嶂，长亭野渡闲悠。雨霁云卷汀枫岸，沙鸥掠、独钓孤舟。筱风拂，葭曳斜晖，蝶舞清秋。

　　炊烟遥袅渔樵归，浮光乱疏影，更徊栖游。凌霄花蔓，蟾月纤绮娇羞。庭深院朦笙箫曲，凭栏处、残荷静幽。醉天涯，相思流年，梦里凝眸。

2020 年 8 月 27 日晚于徽州南源残舍

临江仙·复得余生悠

　　万里碧空疏云卷，西风清籁莴萝羞，莫道南山浮影柔。蝶舞双飞处，轻帆远孤洲。

　　廿年华亭客旅涯，铅华洗尽水东流，何须惆怅掩回眸。邀月碧樽尽，复得余生悠。

2020 年 8 月 30 日晨于徽州南源口残舍

秋归

斜阳廓外燕双飞，

几缕炊烟绕篱归。

帘卷月明栏亭醉，

星疏云淡啸红尘。

2020 年 8 月 31 日晚于徽州南源口残舍

杏花天·凭栏仰啸豪迈

风萧雨疏孤亭邂，水东去、纤云锁黛。浮名犹寄斜晖外，蝶舞燕飞长喟。

莫闲愁、残舍清籁，对明月、一樽还酹。何须惆怅他人怠，仗剑长啸豪迈。

2020 年 9 月 1 日晚于徽州南源残舍

207

四园竹·醉里挑秋风

疏雨斜阳，一江水径东。蒹葭萋萋，暮蝉兮兮，蝶舞烟蒙。长亭外，古道中、犹乱疏影。轻帆独远悠匆。

遥孤鸿，落叶飞花人瘦，几度芳华初终。奈何缘浅天涯，凭栏流月，小楼夜空。红尘里，仗剑行、醉里挑秋风。

2020年9月2日晚于徽州南源残舍

悠

雨霁烟云生，院空闲猫嘶。

疏篱绿叶簇，飘藤飞花萋。

一池碧莲倚，几缕筠蕉低。

悠悠东逝水，无问东南西。

2020年9月3日晨于徽州南源残舍

夏云峰·清梦何期

　　燕双飞，孤村外、雨霁烟远葭葽。云蒸霞蔚千幻，极目今兮。
栏曲荷绮，轻帆影、长亭斜晖。凌霄蔓、茑萝娇羞，疏篱闲蹊。

　　十里浙江黛漪，蟾月起、黄花纤瘦游痴。筱灯帘卷西风，梧叶依依。
素笺年华，星空淡、相思天涯。杯酒醉、几度春秋，清梦何期？

2020 年 9 月 4 日晚于徽州南源残舍

瑞鹧鸪·月如钩

　　梧叶萧萧落日悠，野渡浮影泊孤舟。白鹭斜飞，蝶舞戏闲牛，
暮蝉戚戚杜鹃羞。

　　廿年浮梦今堪醒，灯火阑珊听秋。帘卷西窗轻语，几度天涯事、
月如钩。小楼今夜怅无休。

2020 年 9 月 5 日晚于徽州南源残舍

珍珠令·怜顾

三更残醉梦醒，有感。

三更酒醒梦中遇，缓愁步。独倚窗、相思谁诉？九万里星淡，廿年坎坷路。

残烛滴泪几人渡？遥明月、飞花怜顾。怜顾，西风落叶零，余生殷负。

2020 年 9 月 6 日晚于上海

如梦令·醉异乡

和李欢院长。

九十六度绮水，月斜对影窗倚。
云卷落花怜，千古风流闲事。
遥寄，箫起，一夜浅思沉醉。

2020 年 9 月 8 日于呼伦贝尔海拉尔

南源小舍 浮绪

枕屏儿·相思怅梦

由呼伦贝尔至阿尔山，有感。

风萧水寒，浮烟横草与共。雁南飞，万里长空堆云骋。羊戏牛卧马嘶，极目黛岭。穹天碧、一池幽境。

雨霁斜晖，红尘杯酒凭兴。山外月，乱疏影，几声曲令。夜沉院空残烛泪，谁人应？莫堪醉、相思怅梦。

2020年9月8日深夜于阿尔山闲德避暑山庄

诗
词
集

促拍满路花·几叶知秋

至阿尔山（杜鹃湖—石潭林—三潭峡）哈拉哈河流域，有感。

阿尔叠嶂远，闲事红尘休。鸳鸯岂奈戏孤洲，残花飘零，碧水共天悠。西风萧萧落，惊鸿依依飞，几叶知秋？

磐石无意独镂，葭溪卷涛流。鹰击长空绮云羞，阑曲笙箫，松苔万古幽。小楼倚疏影，醉旅何处？烟火卿月如钩。

2020年9月9日三更于海拉尔尼基金酒店

南源小舍 浮绪

寻芳草·几缕千百意

由陈巴尔虎旗草原至额尔古纳湿地，有感。

碧草萋无际，万里秋、长空如洗。牛羊闲、九曲绕孤水。西风嘶、
骁云骑。

极目天涯远，两行轻鸿斜阳外。掠疏影、几缕千百意。一钩醉
月堪旎。

2020 年 9 月 10 日三更于额尔古纳美柯曼尼酒店

诗词集

秋雨夜之草原

西风萧萧殷草枯，离原依依三五营。
落晖万里悲秋客，烟雨一夜锁月明。
残烛潜泪谁人剪？几缕相思云鸿征。
莫辞惆怅天涯醉，小楼掠影卿梦生。

2020 年 9 月 11 日深夜于满洲里大酒店

212

秋之草原

西风萧萧晚来悠，遐草戚戚映熹晖。
碧水阑曲离原外，长空万里疏烟依。
乌骓欢骋嘶涯远，鸿雁清影径南飞。
掠眼繁华红尘去，明月澹澹梧叶归。

2020 年 9 月 12 日深夜于上海

诗词集

雨中花令·思量

云堆枫乱水东逝，孤影残阳。冷烟繁华凝眸，飞花落叶疏狂。
天涯孑行远，零满地、几许沧桑。

长夜空阶滴秋雨，帘外潇湘。红尘若梦聚离，小楼一盏灯茫。
无奈冷风袭，流年尽、思量未央。

2020 年 9 月 16 日晨于徽州南源残舍

相见欢·任我行

长夜漠漠独倚，檐雨声。筱蕉横斜、掠影到几更？
落叶零，殇满地，滴阶明。大江东去、天涯任我行。

2020 年 9 月 17 日晨于徽州南源残舍

夜雨

小窗疏影乱，
夜枕阶雨声。
天涯梦归处，
葭思秋风清。

2020 年 9 月 17 日晚于徽州南源残舍

隔帘听·葭思谁借

小窗梧叶萧萧，西风袭瘦马。几怅往事芭蕉下，残花殇满地，空滴檐瓦。羁愁卸，大江去、一帆轻挂。

遥疏野，烟漠孤舍，天凉怜清雅，韶华浮渡莫堪惹。隔帘听雨声，凭栏窃话。冷烛夜，凝眸顾、葭思谁借？

2020 年 9 月 18 日三更于徽州南源残舍

望江南·相思与伊同

风萧雨蒙，有感。

风萧萧，梧叶怅匆匆。黄花无意秋渐老，飞絮浮萍天涯东。一江孤帆空。

夜轻寒，烟雨栏亭中。青灯把酒疏影斜，巷陌深深锁窗蒙。相思与伊同。

2020 年 9 月 20 日晨于徽州南源残舍

诗词集

诗词集

临江仙引·夜泊长江

雁飞，掠影，长亭暮，寄斜阳。大江东去疏狂。凫渚烟波远，轻帆济沧茫。落叶飘零，残荷垂瘦，无奈秋独凉。

不禁西风云天外，葭草戚戚怅独行。一弯钩月起，煮酒凭栏望。庭深夜沉初寒，小楼低吟潇湘。

2020 年 9 月 21 日晨于芜湖和众滨江酒店

弄花雨·醉流年

遥寄太白弄花雨，红尘过、惆怅羁旅。秋风袭、梧叶昏黄满树，白鹭飞、孤舟野渡。

小楼漠漠窃私语，掠疏影、杯酒几许？醉流年、灯火阑珊何处，不见芳华独舞。

2020 年 9 月 22 日晨于马鞍山格美酒店

芳草渡 · 笑疏狂

　　枫红远兮立辉阳，水东流，天涯望。白鹭斜飞客欲扬。蓼花曳，卧牛悠，竞芬芳。

　　小亭外，翘英香，几缕炊烟弦长。新月羞朦倚轩廊。秋风略，碧樽尽，笑疏狂。

2020 年 9 月 24 日晚于徽州南源残舍

千秋岁 · 小舍疏狂邀月酌

　　晓烟几许，葭溪白鹭掠。西风偷潜梧叶落。一江水东流，扁舟野渡泊。熹阳外，蟾桂羞芳漫阡陌。

　　茑萝漫筱篱，粉蝶翩跹乐。红尘意，莫别却。半世浮华过，不著长夜漠。笙箫起，小舍疏狂邀月酌。

2020 年 9 月 25 日晚于徽州南源残舍

八声甘州·余生弦静悠

望云岫天涯水东去，倚江泊孤舟。卧牛白鹭飞，云卷长空，松篁庐幽。汀岸归来凭意，筱蕉丹桂羞。疏影斜阳下，梧叶清秋。

野径横斜枫红，南山隐苍檐，几缕烟浮。小楼西窗外，良夜月如钩。一壶酒、做个闲人，一张琴、余生弦静悠。凝眸处、伊人却在，夫复何求？

2020年9月26日晚于徽州南源残舍

诗词集

折桂令·一帘红尘清欢

月斜桂香，有感。

秋水东流凭栏意，长空无际梳云颜。野径枫红，白鹭吟悠闲。汀柳岸、葭草萋萋，蝶舞翩跹。浪花淘尽，依旧黛山。飞霞落晖，老树昏鸦处，几缕炊烟。

巷陌人家，弄疏影、小院丹桂香怜。繁华略绮，夜未央、杯酒疏狂幺弦。刹那芳华，醉犹嫣然。古今多少明月，一帘红尘清欢。

2020年9月27日晚于徽州南源残舍

长相思·醉里相思潮

醉里相思望月，有感。

西风萧，梧叶飘。云卷长空路迢迢，一水孤舟摇。
明月蕉，忆石桥。庭深院空夜寂寥，醉里相思潮。

2020 年 9 月 28 日晚于徽州南源残舍

缑山月·庚子中秋

如是年华东流，梧叶绪清秋。轻帆一片掠烟洲。凌波卷崖断，
斜阳下，青郭外，长亭悠。

恣狂凭栏邀明月，剑舞清影休。小楼笙箫帘如钩。蟾桂摇落处，
红尘芳醉，千百度绮眸。

2020 年 10 月 1 日晚于徽州南源残舍

219

探芳信·窗寒恣醉无梦

　　秋风偬，凭栏离合寄，明月与共？长亭悲欢影，一曲笙箫诉流年，红尘芳华冗。庭院深、蟾桂摇落，犹叹谁懂？

　　夜沉烟云涌，更堪香浮动，筱蕉倚重。小楼独上，忆往昔、惆怅从。飞花几许自飘零，又见残烛恸。且欲去，窗寒恣醉无梦。

2020 年 10 月 2 日晨于徽州南源残舍

凤将雏·邀影疏狂

　　怅未央，十年韶华尽苍茫。浊酒遥寄红尘醉，几度秋凉。

　　谁堪虬桂芳？孤鸿江郭外，一曲明月籁。幽篁飞瀑，邀影疏狂。

2020 年 10 月 2 日晚于徽州南源残舍

云仙引·梦里嫣然

　　烟水东流，西风萧籁，梧桐落尽阑珊。对无际，卷云山。孤鸿几渡天涯，斜晖万里秋声怜。蝶舞翩跹，三五疏影，哪般清欢？

　　明月醉里偷闲。人未还、小楼杳闻喧。流年点点，半帘飘零，何似人间？千般浮名，残烛泪潸，红尘无意笑痴癫。一樽还酹，空阶湿衣，梦里嫣然。

2020 年 10 月 3 日凌晨于徽州南源残舍

诗
词
集

凭栏人·东西

　　西东但绪秋风嘶，月隐长空堆云低。影乱烟寒溪，独倚醉眼迷。

　　浮生若梦犹芰荷，疏狂一骑绝尘去。小舍潸凄凄，乌夜碃，竟东西！

2020 年 10 月 3 日晚于徽州新安公园寒溪旁

秋夜静思

西风萧萧枯荷落，
小楼一夜烟雨依。
残烛潸泪谁人剪？
一曲相思孤鸿飞。

2020 年 10 月 6 日晚于徽州南源残舍

秋怅

廿年如一梦，蓦然阑珊萦。
千里疏雁月，顾影冷无声。
两鬓间白髯，对镜犹自惊。
薄衾独怅凉，溪庐寄余生。

2020 年 10 月 8 日凌晨于徽州南源残舍

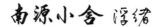

倦寻芳·怅随风去

烟雨苍茫，往昔随风去，有感。

　　烟村残晚，梧叶飘零，瘦马羁旅。小楼深深，廿年浮沉谁与？月隐松篁寥无声，西窗剪烛红尘绪。莫思量，一壶浊酒醉，梦里喃语。

　　薄衾凉、五更独醒，凭栏断目，闲愁几许？南山遥寄，野渡孤鸿洲渚。大江东逝云涯杳，雨潇风薇长亭处。略往昔，疏遗恨，怅随风去。

2020 年 10 月 9 日晨于徽州南源残舍

桂殿秋·红尘

　　梧叶殇，飞花怜，寒鸦戚戚为谁弦？天涯望断烟雨茫，一池沧桑凋荷边。

　　红尘痴，红尘癫，三生浮沉奈相煎。明月惊鸿欲借酒，洗尽残影醉中嫣。

2020 年 10 月 10 日凌晨于徽州南源残舍

秋风清·诺言

　　清秋岭，长空静。夜沉怅闲愁，窗外月华冷。孤灯伴酒浮萍醉，梦断天涯谁堪醒？

　　落叶哽，乱残影。几缕西风劲，却道人疏悻。红尘堆尽虚幻相，何似一诺锁天骋。

2020 年 10 月 11 日凌晨于徽州南源残舍

一叶落·自律

　　湿疹痒难忍，一夜无眠。

　　斜阳尽，梧叶陨。一水东逝云鸿悯。陌上飞花零，孤舍正湿疹，痒难忍。明月莫暗哂。

　　西风紧，阑珊引。过眼浮烟犹掠隼。红尘笑痴狂，繁华那堪敏，期清允。何似梦中准？

2020 年 10 月 12 日凌晨于徽州南源残舍

忆帝京·梦依旧

梧叶飘零西风叩,醮沧桑、顾远岫。一阕丹桂语,落晖尽、雁无宿。最怜飞花殇,青灯起、谁与瘦?

红尘醉、繁华舞袖,高台锁、帘卷影皱。涯断几重浪涛骤,酹明月,坎坷那堪回首?碧血丹心蔻,仰天啸、梦依旧!

2020 年 10 月 13 日晨于徽州南源残舍

月当厅·笑红尘

长亭极目天涯杳,把盏临风,千里片帆。陌上旧影,何处小楼飞檐?松篁幽幽径斜,枫叶零、多少故客耽。笙箫缈,对一溪云,落花轻拈。

南山漠漠庭院深,但凭栏、碧樽遥寄桂蟾。三五清人,半卷诗书漫谈。沧海浮沉尽疏狂,繁华几度更哪堪?明眸处,笑红尘,孤鸿醉梦恬。

2020 年 10 月 14 日晚于徽州南源残舍

小重山·莫闲愁

雨滴空阶正听秋，一叶孤舟去、远悠悠。百年光阴几时休？小楼漫，飞花落、卷帘钩。

三五疏狂留，把盏临风醉、遥清眸。陌上浮影欲何求？付瑶琴，余生了、莫闲愁。

2020 年 10 月 21 日午于徽州南源残舍

芭蕉雨·西风借

芭蕉疏雨长夜，五更残梦醒、钩月挂。薄衾轻寒谁惹？犹恐镜中影去，相逢无话。

烟茫无迹山野，陌上湿孤舍。一溪白鹭掠、西风借。飞花落、叶知秋，小径天涯汀远，凭栏忆夏。

2020 年 10 月 23 日晨于南源残舍

226

风入松·秋

碧水萧萧雁栖滩，古渡人烟寒。红尘几许林深处，风入松、晖疏影单。一叶梧桐乱秋色，花飞岁暮怎般。

芳菲减尽枫零漫，葭戚隐重峦。天涯多少未归旅，谁遣意、把酒凭栏。渔灯犹怜横江月，小楼低弦清欢。

2020 年 10 月 24 日凌晨于徽州南源残舍

诗
词
集

离亭宴·重阳

西风挦白发，望天涯、落晖斜抹。蝶去闲愁黄花猝，论是非、红尘陌物。小楼芭蕉依旧，断鸿声里江阔。

清秋几度梧叶，疏影乱、长亭凭月。寒鸦数点问天猎，怅思量、千里倦厌。回眸一笑阑珊，把酒临风释阅。

2020 年 10 月 25 日三更于徽州南源残舍

云仙引·醉里恣狂明月欢

　　千山思起，万水漫卷，古渡枫乱秋颜。飞花零，疏影斑。天涯阅尽依旧，红尘痴癫笑相煎。繁华一路，廿年浮沉，凭栏犹怜。

　　往昔随风嫣然，且归去、陌上卧牛倌。半卷诗书，杯盏闲谈，那堪人间。小楼独上，把酒横斜，醉里恣狂明月欢。繁星几许，云鸿声里，余生卿安。

2020 年 10 月 27 日凌晨于徽州南源残舍

秋辞

读刘彻《秋风辞》，有感。

　　天涯几重兮孤帆济，大江东流兮啸疏狂。
　　对影无声兮星华冷，惊鸿南飞兮掠穹空。
　　西风萧萧兮长亭瘦，浮生若梦兮奈笙箫。
　　红尘清眸兮何处觅，凭栏临风兮犹笑鼙。
　　把酒明月兮且归去，一庐云烟兮任逍遥。

2020 年 10 月 28 日晨于徽州南源残舍

玉簪秋·述秋明志

疏影横斜浪独行，万里清秋，漫卷西窗。谁人策马盘涧路，一溪闲幽，烟雨桂香。

云鸿飘然长空量，红尘落尽，陌上菊芳。傲骨铮铮啸天涯，把酒明月，仗剑疏狂。

2020 年 10 月 29 日晚于徽州南源残舍

归自谣·俱往矣

蓼花旖，一抹斜阳飞鸿外，大江东去云帆寄。闲鹤几许逍遥事，松篁里，落叶乱影西风砌。

长空邃，小庐漠漠明月徙，韶华那堪名利碎。过眼云烟红尘笑，俱往矣，笙箫何处南山醉。

2020 年 11 月 1 日晚于徽州南源残舍

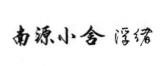

湘春夜月·余生且醉嫣然

西风潜，叶落蓼花独繁。昨夜残梦寥去，今夕月清圆。断桥浮影渔火，蓑归雁南飞，小庐溪边。帘卷菊香桂，星空几许，何处人间？

功名利禄百态，红尘长啸痴癫。巷陌还照，凋萍摇、残荷犹怜，一阕烛凊。苍天谁问，疏千绪、流年素笺。云烟过、剪断闲愁蕉雨声，余生且醉嫣然。

2020 年 11 月 3 日晨于徽州南源残舍

夜半乐·啸红尘

穷在闹市无人问，富在深山有远亲。百态炎凉，删去兮，归去兮。

南源小舍谁共，杯盏横斜，青灯乱浅影。挥毫寄素笺，倚栏凭兴。蓦然三更，薄衾戚冷。落叶飘零萧籁，院寂孤醒。哪堪忆、夜寒西风劲。

山外鸟啼星寥，且醉癫狂，帘卷凊省。红尘痴、世态炎凉沉猛。一宿清明，自在人间，长啸铮铮身硬，性量谦秉。闲人去、牛鬼蛇神梗。

惊鸿掠窗，待月归来，把酒邀景。烟云起、几许松篁幸。苍檐悠、芭蕉筱菊欲遮映。葭溪淙、鹤旅诗书骋，桃源樵耕笑芳茗。

2020 年 11 月 12 日三更于徽州南源小舍

南源小舍 浮绪

杂辞

《夜半乐·啸红尘》之续辞。

南源小舍兮江郭外，青灯疏影兮晚横斜。
落叶飘零兮渐凄戚，把酒挥毫兮乱素笺。
蓦然回首兮三更萧，夜寒西风兮不胜悲。
院沉星寥兮长空寂，薄衾难耐兮流霜欺。
更堪浮忆兮仰天啸，红尘痴狂兮叹炎凉。
一宿疯癫兮明人间，千秋功过兮怅云烟。
铁骨铮铮兮性秉谦，犹傲世俗兮牛鬼神。
几许鸿鹤兮寄悠悠，半卷诗书兮菊蔓篱。
瓯雪飞栏兮琴箫依依邀明月，
徽水云居兮沧海茫茫任平生。

2020 年 11 月 13 日晚于徽州南源小舍

诗词集

岁月浮沉

失眠，听雨，有感。

薄衾难耐枫秋寒，梦醒五更孤枕横。

小楼一夜空寥漠，西风偷闲潜窗行。

万千红尘叹熙攘，铅华洗尽犹清明。

物是人非了无痕，烟茫院寂听雨声。

2020 年 11 月 17 日凌晨于徽州南源小舍

诗词集

空

和安徽省马鞍山市援藏老师张和先生之勉言。

海阔心凭界，山高人劲苍。

志远遥涯济，身勉俗中央。

巷陌乱百态，红尘笑炎凉。

朱门醉生死，衡庐空怅茫。

2020 年 11 月 18 日晨于徽州南源小舍

望仙门·寄相逢

一江烟雨断孤鸿，叹怅匆。素衣轻踱云随风，寄相逢。

孤帆杳影尽，苍亭漠漠戚东。醉忆初见长夜空，缭梦中。天涯几许同？

2020 年 11 月 19 日晨于徽州南源小舍

点绛唇·菊

和孙进长辈书法、唐冰长辈词作《点绛唇》。

一溪筱岸，陶菊万千盏，天涯际。疏影横曳，谁共留客袂？

梧月残钩，冷落飘花凭系。浮梦逝，小庐寒细，红尘更堪砺。

2020 年 11 月 19 日晚于徽州南源小舍

杏园芳·杏

几回星疏杏黄，梦醒五更衾凉。沉秋零落叶飞霜，最思量。
江流天际烟雨茫，一棹闲远独行。横笛遥岑万般相，鸿雁长。

2020 年 11 月 21 日晨于徽州南源小舍

丑奴儿·松隐

西风无意野渡外，泊舟凭临，烟雨秋岑。野径漠漠栖庐深，一壶悠闲斟。

帘卷芭蕉西窗烛，疏影夜沉，暗香谁寻？半卷诗书犹子衿，弦边旧时音。

2020 年 11 月 21 日三更于徽州南源小舍

根

对镜几许衰未知，岁月蹉跎鬓发匆。
廿年风尘华亭路，唯有家亲乡音同。
旧时长亭古渡外，秋水萧萧云烟空。
鸿鹄分飞千帆尽，一舟独钓烟雨中。

2020 年 11 月 22 日凌晨于徽州南源小舍

根之续

鸿鹄分飞千帆尽，岁月蹉跎鬓发衰。
廿年风尘华亭路，唯有家亲乡音思。
旧时长亭古渡外，秋水萧萧云烟痴。
对镜几许问归期，一舟独钓烟雨时。

2020 年 11 月 22 日晨于徽州南源小舍

风云

读春秋战国汉朝史，有感。

泥鳅自诩是青龙，阿房梦里万世传。
天无宁日明月泣，妖魔鬼怪红尘横。
流年恣虐狂涛卷，万千梅雪傲骨铮。
陶菊闲意东流水，且把瑶琴寄南山。
风尘几度终归去，一叶飞花过云烟。
莫提莫提兮，小人当道之。
莫问莫问兮，归去来兮乎。

2020 年 11 月 22 日午于徽州南源小舍

乾荷叶·夜雨

小楼听雨，有感。

风萧萧,残荷衰,烟池鸥萍寄。梦依稀,空成期。天地沧桑几回窥?
一江秋水逝。

雨漠漠,低颦眉,小楼独怅倚。雁南飞,思月归。星汉摇落奈何谁?
卷起离人醉。

2020 年 11 月 23 日凌晨于徽州南源小舍

念

晓梦初醒，有感。

蔫蔫西风花独语，
一叶飘零烟雨催。
几许惆怅几许念，
几许缱绻入梦来。

2020 年 11 月 24 日晨于徽州南源小舍

西地锦·梦中共谁忆

噩梦，毒蛇，惊醒，有感。

秋沉雁去难觅，数行清风迹。一笺诗词离人绪，落花梧叶泣。

天涯弦尽阡陌，对影瘦、怅隔蓦。夜寒奈何几回醉，梦中共谁忆？

2020 年 11 月 25 日晨于徽州南源小舍

诗词集

无题之听雨

烟茫听雨寒，残梦了无痕。

半卷诗书怀，一窗期月樽。

羁愁杏久远，梧叶落故园。

蕉倚筱风潜，淡付空阶轩。

2020 年 11 月 26 日于徽州南源小舍

菊思

菊花未零伊人去，

浮影三千寄相逢。

万里高远醉梦处，

小楼奈何空眷忡。

2020 年 11 月 27 日于徽州南源小舍

南源小舍 浮绪

梧桐影·醉卧飞雪三千猎

庚子初雪后，月出，子影，有感。

落花残，飘零叶。红尘几度留白处，一任风潇忆旧月。
梧影寒，似无物。浮生若梦与卿悠，醉卧飞雪三千猎。

2020 年 11 月 28 日于上海

倚西楼·过客

小楼疏影了无迹，煮酒谁道红尘易？残雨寄思花飞零，飘叶惊秋万里陌。

寒鸦点点几时休？九曲笙箫诗书画。不羁风流浮云去，天地悠悠、偶然一过客。

2020 年 11 月 29 日于上海

239

诗词集

十六字令·月思

依，水天一色长空低。疏影斜，几行鸿雁飞。

唏，明月清揽冷窗来。红尘了，浮梦万重思。

2020 年 11 月 30 日晚于徽州南源小舍

十六字令·冬日落晖

初冬，江去，小舟，野渡，长亭，落日余晖，有感。

兮，青山依旧鬓发衰。大江去，崖尽云帆归。

斯，人生几何万事期。遥千里，独立落日晖。

2020 年 12 月 1 日黄昏于徽州南源小舍

金错刀·霄鸿恣摇九万里

大江去，两岸涛。明月疏影几时高？秋水望尽梧桐在，青山依旧性秉操。

东风破，莫闲唠。谁将流年何处翱？霄鸿恣摇九万里，豪迈长啸金错刀。

2020 年 12 月 2 日晚于徽州南源小舍

恨春迟·犹可求

古木萧萧烟浮远，清眸瞥、蓦然悻攸。吾生卿未生，卿生吾已老，缥缈几时休？

红尘苦短遥影瘦，夜孤寒、小楼闲愁。丝丝寸寸戚戚，一笺涟漪，梦中见、犹可求。

2020 年 12 月 5 日凌晨于徽州大华

241

诗词集

山花子·飞花拈

荷枯雨霁怅思罥，巷陌深深邃苔檐。莫道残阳断鸿里，杳云帆。

筱风侬语醉芳华，三生浮梦落玉簪。此去经年又何处，飞花拈。

2020年12月6日晚于徽州南源小舍

孤馆深沉·天涯谁堪从容

一夜苍茫一江冬，寒晖映断峰。碧水长空尽，云鸿声里，浪惊涛重。

西风破、磐影长啸，飞沙狼烟踪。红尘路、三千坎坷，天涯谁堪从容！

2020年12月9日晨于徽州南源小舍

金蕉叶·小楼一笑云外

碧水微风云外，一舟独钓，有感。

望大江千里岑黛，杳无痕、渔舟轻载。凭栏遥尽，天涯回眸几许慨，鹤遥烟霄清籁。

寄浮夕百重长在，更与共、光阴谁待？人生若梦，红尘立尽西风喟，小楼一笑云外。

2020 年 12 月 10 日晨于徽州南源小舍

醉吟商·红尘坎坷三千路

梦里廿年创业路，寒鸦声里跌宕期，有感。

浮梦残醒，西窗疏影斜探，寒鸦泛点。小院层沓染，长亭落尽烟敛，一袭闲淡。

三千坎坷，九重云霄堪揽，几许执念。遥万里横堑，何似昆仑肝胆，红尘挑剑。

2020 年 12 月 12 日凌晨于徽州南源小舍

南源小舍 浮绪

碧云深·遥岑渡

遥岑渡，人闲云乱斜阳暮。斜阳暮，崖断江流，几许孤树。

红尘坎坷三千路，霄鹏扶摇凌风措。凌风措，一骑仗剑，肝胆长铸！

2020 年 12 月 13 日黄昏于徽州南源小舍

庚子初雪

北风萧萧械，
初雪漠漠泱。
半卷诗书臆，
一袖筱梅芳。

2020 年 12 月 13 日晚于徽州南源小舍

破阵子·谁共飞雪残烛潜

陌上烟云澹澹，一江清影独闲。遥寄天涯百重路，落红无意瘦梧颜。羁鸿几时还？

断续寒砧瑟瑟，犹叹世道维艰。薄衾蔓词浮梦醒，谁共飞雪残烛潜。今宵怅万般。

2020 年 12 月 14 日三更于徽州南源小舍

定风波·红尘独行

一池枯荷残梗量，半亩寒潭浮萍殇。几袖烟雨飘零过，岁月闲愁，小楼寄苍茫。

青衫杖马萧萧处，何似临风长啸徐徐徉。更道繁华落尽时，万丈红尘，悠悠吟独行。

2020 年 12 月 15 日凌晨于上海

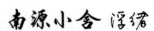

醉垂鞭·梦里忆流年

冷冷一江烟，天涯杳，长空缈。云鸿声里弦，行行上青天。
昨夜泠风峭，筱楼啸，醉欢颜。郭外羁尘怜，梦里忆流年。

2020 年 12 月 17 日晨于上海

雨夜

蕉雨夜沉剪闲愁，
巷陌几许谑痴癫。
云烟漠漠思蟾月，
饮尽风霜松梅香。

2020 年 12 月 20 日晨于徽州南源小舍

无题之人间

霏霜漫凌红尘砺，
苍檐峭幽弦影颜。
一江东去浪淘尽，
风波却道恶人间。

2020 年 12 月 22 日于徽州太平

无题之月华冷

陌路人生点滴恩，有感。

簌簌风峭月华冷，飞叶飘零杳无痕。
莫负雪中薄熹炭，凭睨锦上满西园。
大浪淘沙几回搏？芳华易逝更犹奔。
晓梅一日凌枝淡，快意恩仇任碧樽。

2020 年 12 月 23 日于上海

247

傲娇西东

人生坎坷路何若，无问西东月清寥。
一曲淡然空对影，举杯长笑莫堪娇。
万千梧叶风里絮，几许傲梅雪中娆。
浮生未歇韶华远，云鹤逍遥九重霄。

2020 年 12 月 26 日晨于上海

泠月逍遥

伊影清灯向泠月，
那堪傲娇纡回空！
笑对红尘檐下语，
吾自逍遥云随风。

2020 年 12 月 27 日晚于徽州南源小舍

248

渔歌子·闲酌

一叶扁舟，溪云漫阡陌，有感。

轻舟泛，野渡泊，数行白鹭筱溪落。一笙箫，一叶飞，漠漠炊烟任栖作。
红尘尽，繁华落，只影谁留与卿错？一帘雨,半卷书,几许光阴醉闲酌。

2020 年 12 月 28 日晚于徽州南源小舍

雪中醉

筱梅横斜飞雪漫，
寒灯乱影添客惆。
春秋几度何似在？
壶里乾坤浮生悠。

2020 年 12 月 29 日晚于上海

破阵子·青衣容

　　飞雪漫尽巷陌，红尘春秋恰逢。叶零孤舟影难留，凭风遥醉巉崖重。数点雁声从。

　　世事何若浮梦，梦醒却道穷冬。几许斜梅傲羁寒，万里长空映素淞。一袭青衣容。

2020 年 12 月 30 日晨于上海

临江仙引·因果

　　花飞，叶落，长亭寄，一江东。明月独啸苍穹，朱门庙堂远，莫欺少年穷。恣狂桀骜，昂首阔韧，万千砥砺中。

　　光怪陆离红尘相，烟云漠漠帆重。何似望鬼崖，劲松峭险峰。蓦然回首西风，几寸方土性空。

2020 年 12 月 31 日晚于上海外滩

梅

霏霜漫尽青郭外，

残叶萧萧月沉西。

一枝横斜乱凌峭，

几缕暗香正芳萋。

2021 年 1 月 2 日晨于徽州南源小舍

玉蹀躞·邀月

昨夜繁星醉月，流华漫峭冷。小院浮光、一池冰澈映。枯荷横斜枕倚，自在沉鱼悠梦，却道朦醒。

凭栏謦，苍梅虬劲恣幸。帘外霜霏岭，云鸿声里、筱蕉共清影。长楫轻舟把盏，几许疏逸暗香，何似闲静。

2021 年 1 月 3 日晨于徽州南源小舍

251

西施·葭思何处偷

青春的悸动，有感。

水陌云乱孤影流，独钓一江舟。十里烟波行，两岸岑山悠。雁飞霞锁长空，斜阳外，恰逢少年游。

梧桐落尽过沉钩，夜漫漫、霜风飔。杯酒晓梦舒，又见伊人求。徒留梅香杳去，月已西，葭思何处偷？

2021年1月4日晨于徽州南源小舍

晨冬

慵阳残醉缈清籁，小楼疏影远岑斜。
潇潇摇落何处问？漠漠烟朦思梧涯。
十里寒江涟漪岸，三千蒹葭若飘纱。
长空了痕云帆尽，但寄明朝蝶恋花。

2021年1月5日晨于徽州南源小舍

渐江畔

飞霜漫尽江郭外，疏疏廊影杳莺啼。

东风不问万千乱，远岑又见烟云低。

闲踏苔阶倚松榭，但闻暗香缈筱溪。

旧时思量青衫瘦，举案不复共卿齐。

2021 年 1 月 6 日晨于徽州南源小舍

思月

一江飞雪浪涛际，万里苍茫云鸿听。

长亭望断天涯外，小楼倚卷疏香馨。

等闲旧梦浮华去，何似流年莲烛宁。

几许好影思卿月，衡庐凭笺遥空青。

2021 年 1 月 7 日晚于上海，1 月 10 日改于徽州南源小舍

雪

飞雪凌乱崖壑处，
凋叶万千虬柯仃。
笑谈古今多少事，
蓬庐一醉长空青。

2021 年 1 月 8 晨于上海

揽月

青衫红尘砺，知音难觅怅蝶没。

二十年沧桑，世事无常何鹘兀?

九万里悟道，诗酒田园恬若讷。

举樽莫需唁，穹霄扶摇揽蟾月。

2021 年 1 月 9 日晚于徽州南源小舍

徽州民居

巷陌青檐碎云游，

烟朦长空飞虹钩。

翠樟娉婷斜阳外，

松篁幽处清梦羞。

2021 年 1 月 14 日晨于徽州南源小舍

255

世道

买房有感。

激扬文字粪土尽，
挥斥方遒意气先。
得志富锦江山遍，
落魄冷暖红尘煎。
那堪求人犹吞三尺剑，
慨喟蜀道难于九重天。

残梅无惧寒骨彻，
孤松斜睨危崖巅。
勤耕俭读朴德性，
厚德载物贤嫣然。
岂怪炎凉笑我太痴罦，
而今蓬庐独啸莫同翩。

今夜长空月隐疏星寥，
一篙大江涛起明月镌。

2021 年 1 月 15 日晨于徽州南源小舍

黄钟乐·醉逍遥

芭蕉无意听松涛，苍檐相逢衡庐，那堪掩云霄。几重繁华流年逝，十里曲堤两岸潮。

筱梅一笺撩风娇，西窗无痕疏灯，缈缈暗香飘。笑看红尘浮渡去，青衫一袭醉逍遥。

2021 年 1 月 15 日晚于徽州南源小舍

杏花天影·茅台古酿

品酒，有感。

一水淘尽几重浪，犹怜影、红尘眷相。飞雪叠嶂遍苍苍，迥旷。遥长空，疏香漾。

通幽处、临风倚杖，更山晚、低吟轻唱。千里谁共绮梦思，逸放。醉花间，万般忘。

2021 年 1 月 18 日晚于贵州茅台

步蟾宫·澹月

几许澹月疏香，一壶浊酒醉逍遥，有感。

东篱犹记瓯雪语，大江去、扁舟浮渡。烟波外、千里斜阳暮，松篁里、古道闲旅。

何似澹月思量处，拈花了、暗香数许。一壶酒，两青衫，几疏影，遥箫尽、一笺飞绪。

2021 年 1 月 21 日晚于徽州南源小舍

浣溪沙·醉人间

水村孤鹭万般闲，烟雨苍茫遥梧颜，残荷轻曳更犹怜。
一壶桂酒西窗竹，几影绮蕉共嫣然！浮疏香，浙檐声，醉人间。

2021 年 1 月 22 日晚于徽州南源小舍

258

秋千索·莫需甲

　　浪卷长空千百沓，云积万里堆层纳。淫雨飞檐怎思量？红尘砺、断馁怯。

　　廿年羁狂浑不恰，侠骨柔情竟一霎。风萧夜寒琐几重？余生悠、莫需甲。

　　　　　　　　　　　　2021年1月24日晚于徽州南源小舍

梅花引·雨夜

　　飞花引，残烛尽，一笺眷恋暗香逊。倚西窗，遍思量，几番回眸，瘦影青衫凉。

　　子去流年应无恨，不尽彻夜疏雨问！独茫茫，醉茫茫，浅梦呢喃，帘卷空阶长。

　　　　　　　　　　　　2021年1月28日凌晨于徽州南源小舍

259

天仙子·邀月与醉共清影

月圆，微醺，有感。

昨夜雨疏闲梦醒，一抹熹微遥苍岭。云雁横江天涯际，叶飞兴，
远重景，晞露涟落筱梅映。

千山万壑竞豪犷，尘中客欲长空骋。几缕鹤烟凭栏意，素笺更，
碧樽罄，邀月与醉共清影！

2021 年 1 月 29 日凌晨于徽州南源小舍

凤衔杯·借百年

醉月浮梦蜀道难，更那堪、小笺独潜。巷陌几何风瘦、卷苍颜，
衾寒谁人怜？

岁无痕、红尘艰。对残影、一池阑珊。清清浅浅朝朝暮暮垣，
仰天乞、借百年！

2021 年 1 月 30 日晚于徽州南源小舍

260

悠

花乱阡陌碧草葳，
斜雨细绵柳随风。
三千功名转空尽，
九万烟云浮生东。

2021 年 2 月 1 日午于徽州南源小舍

无题之暗香

万千尘世竞其琐，
纵任恣凌浑不徊。
几度风雨几度省，
云破月淡疏香来。

2021 年 2 月 2 日晨于上海

立春

薄峭浮愁乱，帘卷期风逍。

残花漫飞迹，往事空飘寥。

云缈烛犹尽，月逝影更邈。

杯盏喟几何，暗香疏星遥。

2021年2月3日晚于徽州南源小舍

醉东风·莫叹

飞花满地，几缕芳菲遂。红尘浮梦凭栏意，一江烟雨遥寄。

杯盏横斜浅醉，星冷影疏空寐。莫叹流年堪累，何似清狂恣肆？

2021年2月4日晚于徽州南源小舍

无题之风雨

瓯雪几度孤烟影，
戚戚陌陌岁何征？
凭窗临熹空浮省，
风雨休还见人生。

2021 年 2 月 7 日晨于徽州南源小舍

南歌子·岁无尘

蕉闲戏芳影，檐外梅迎春。一篙横去惊江痕。幽径凭杖遣归、落缤纷。

莫道人初远，蓬庐潇潇樽。疏香杳杳何处闻？烟雨漫卷戚戚、岁无尘。

2021 年 2 月 8 日晨于徽州南源小舍

南源小舍

烟锁闲雨落残思，往事临镜空衿期。

旧时穷崖今何在？似水流年春犹迟。

檐外几枝遥天际，淡疏一夜为谁痴？

邂问飞花凭笺意，浊酒对影唯诗词！

2021 年 2 月 10 日晚于徽州南源小舍，改于 2 月 11 日晨

辛丑除夕

滚滚一江东逝水，落晖撩乱云帆徐。

崖壑苍苍石径斜，松篁悠悠暗香好。

闲庭信步青衫客，西窗秉烛幺弦纾。

小楼嫣影邀星汉，樽里几度韶华初！

2021 年 2 月 11 日晚于南源小舍

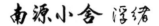

采桑子·醉里若初归

正月初一，新安江踏春，有感。

一江烟云缈缈处，沙鸥翩飞，点点斜晖。幽幽松径疏芳菲，几枝探断矶。

万千红尘未曾忆，镜前青衣，思思依稀。小楼嫣影遥星汉，醉里若初归。

2021 年 2 月 12 日晚于徽州南源小舍

探春令·瀹岭

瀹岭踏春，有感。

烟波寒黛，落落熹晖，蓬庐幽径。万里绎嫣然，拈风几许，听空谷、遥瀹岭。

郭外八千疏香醒，三五戏缱影。柳曳蝶双舞，莺碃云绻，醉吟浮生兴。

2021 年 2 月 13 日午于徽州瀹岭

无题之红尘熙攘

鸥潜若杳兮临崖涘，穹空痕缈兮乱云氤。
寒覃孤崖兮虬松傲，幽径长亭兮疏香馨。
纤柳戚戚兮凌波渡，烟雨潇潇兮郭外春。
浮生豪迈兮仰天啸，那堪叶落兮飘零辛。
帘卷沧桑兮残梦醒，熙熙攘攘兮撩红尘。
几程羁锁嘈焉兮独钓一江真。

2021 年 2 月 14 日午于徽州南源小舍

无题之戚戚

烟蕊何所忆？
柳叶何所依？
杳霭思戚戚，
妤影迎熹归。

2021 年 2 月 18 日晨于徽州南源小舍

无题之星月

疏香清风徐，

星寥月明中。

云鸿掠孤影，

浮梦惊尘空。

2021 年 2 月 21 日晚于徽州南源小舍

生活

贤子伊人兮，莫问巷陌出处！

权贵财势兮，亦奈市井庸户！

蒹葭萋疏兮，岂撷林林总总淡馥？

举案齐眉兮，更犹惺惺相惜孝睦！

2021 年 2 月 24 日凌晨于徽州南源小舍

悟寄

二十年沧桑，世事无常途艰。

九万里悟道，终归诗酒田园。

红尘但漠漠，知音难觅慨怜。

浅醉莫堪喟，凭栏遥寄月弦。

2021 年 2 月 26 日晚于徽州南源小舍

诗词集

绍兴古巷

游绍兴古巷，有感。

伊人独倚青石桥，

乌篷悠悠岁月好。

油伞几许相思意，

红尘唯愿遥卿梳。

2021 年 2 月 27 日于徽州南源小舍

凤衔杯·浮生

新安江畔，小舍一日，有感。

闲云远砌长空渐，凭崖处、邈目抚揽。鸿摇千里、一江水悠鉴。语不尽、思无厌。

斜晖外，孤烟冉。苍松遍、三千拈染。却道月华初上、绮梦念。几缕疏香淡。

2021 年 3 月 1 日晚于徽州南源小舍

柳初新·归也

渝岭古道踏青，有感。

昨夜闲梦残雨乱，花零落、伤满地。古道径幽，云英沾衣，三五人家深处。柳莺疏飞轻呖，又道是、一元始。

东风轻剪云卷，长空碧、烟峦杳际。鳞波微缈，碧栏水榭，素卿幺弦悠婉。斜阳外、几缕炊袅，邀明月、扶醉归也。

2021 年 3 月 6 日晨于徽州南源小舍

临江仙·小楼细雨听潇潇

　　三更未眠孤枕凉，小楼细雨听潇潇。浮生若梦东西迢，一骑绝影杳，往昔随风飘。

　　红尘几许笑痴癫，唯愿大江浪莫涛。半卷诗书醉芭蕉，不过黄昏闲，却道卿安邀。

2021 年 3 月 7 日晨于徽州南源小舍

诗词集

四季赋

　　春雨细细万物卿，
　　夏瀑戚戚寒潭莺。
　　秋风簌簌烟云淡，
　　冬雪茫茫疏梅琼。

2021 年 3 月 9 日晨于徽州南源小舍

南源小舍 浮绪

诗词集

桃花轶事

桃花谷里桃花绮，桃花影疏桃花柳。

桃花溪畔云裳浣，桃花雨中伊人扣。

桃花桥倚桃花亭，桃花树下桃花酒。

桃花灯幽正西窗，桃花庐绻几度有。

2021 年 3 月 11 日于徽州南源小舍

影

相逢那堪了浮言，

何似人生几许樽！

红尘万象千般影，

一眼秋水寄清痕。

2021 年 3 月 15 日于徽州南源小舍

271

越溪春·清音

烟云闲淡伊人音，萦绕心痴痴。三更难寐五更醒，案齐眉、梦里依稀。窗外雨偎，檐阶点点，几度涟漪。

蛙声悠悠清思，遥遥柳莺啼。旖旎若怜凭栏戚戚，且待琴瑟天涯。红尘万般得意事，何似携卿归？

2021 年 3 月 19 日五更于徽州南源小舍

踏莎行·遥思

孤鹭闲悠，江郭远岭。巷陌炊烟外、飞花憬。疏香空阶，三五闲人径。一朝沧桑红尘醒。

松涛掠堤，芭蕉浮影。夜彻小窗闻、蛙声更。柳风绻雨，杯酒寄卿影。梦绮帘卷几许幸。

2021 年 3 月 20 日晨于徽州南源小舍